Cathy Borie

# La Nuit des éventails

EDITIONS DE LA REMANENCE

## DU MÊME AUTEUR

*Il était une première fois*
Recueil de témoignages, Les Points sur les i, 2013

*18 ans… Et après ?*
Recueil de témoignages, Les Points sur les i, 2012

*Ciel rouge le soir*
Pièce de théâtre, Les Points sur les i, 2011

*Triptyque*
Roman, Kirographaires, 2010

*Petites tombes au bord de la route*
Roman, TheBookEdition, 2009

*Qui cherche la lune*
Roman, TheBookEdition, 2008

*Femmes, fêlures et folies*
Nouvelles, Le Manuscrit, 2007

*La Perte*
Roman, Edilivre, 2007

*Vies en vrac*
Nouvelles, Edilivre, 200

© éditions de la Rémanence, 2015
Couverture et mise en pages : www.mapicha.fr

ISBN 979-10-93552-21-7

À mes parents, à mes enfants.

Quand à travers les dédales du quotidien, un homme choisit
de conduire un attelage dont l'un des chevaux tire vers la réalité et
l'autre vers le rêve, sa route ne peut être facile, mais elle s'enrichit des
étoiles qui jaillissent au contact des deux mondes.

Charles Bukowski


Ici s'exécute le ballet des solitudes
dans un fracas qui étourdit.

Alexis Mattéi

# 1
## CE QUE L'ON RACONTE

La vie des personnages de roman m'a toujours paru plus passionnante que la vie réelle, la mienne en particulier. Sans doute avais-je cette sensation parce que les livres m'avaient accompagnée dès mon plus jeune âge, et que je vivais au rythme de leurs rebondissements, projetant sur mon écran mental les images qu'ils me suggéraient, celles-ci parasitant les paysages ou les visages que je captais en direct.

Plus tard, au cours de mon adolescence, et au début de l'âge adulte, je n'éprouvais les choses comme vraies que lorsqu'elles étaient écrites sur le papier, notées sur une des pages des petits carnets qui m'accompagnaient partout, et dont j'ai conservé plusieurs dizaines dans des cartons qui m'ont suivie tout au long de mes déménagements. Simples observations ou développements introspectifs, ces gribouillis allaient de toute façon bien au-delà de ce que l'on trouvait habituellement dans un banal agenda. Leur lecture, des années plus tard, ne manquait pas de me mettre légèrement mal à l'aise, tant me replonger dans ces états bourbeux d'adolescente égocentrique et mal dans sa peau était efficace, ceci par la seule magie du déchiffrage de ces mots écrits, à la hâte, sur des feuilles forcément trop petites pour recevoir la totalité des itinéraires mentaux qui en étaient à l'origine.

Pour autant, quand l'écriture devint plus qu'un passe-temps et se mit à donner lieu à des histoires romancées, et que je finis par trouver un éditeur pour la publication de ces productions, afin de les transformer en livres (ces objets qui avaient toujours été pour moi aussi importants que des êtres de chair), je ne parvins pas avant longtemps à créer de toutes pièces des univers entièrement imaginaires. J'avais beau estimer que c'était là un énorme handicap pour un auteur, il n'en reste pas moins que mes romans, mes nouvelles, mes pièces de théâtre, ne furent jamais que des mondes inspirés de ma propre vie. Je ne savais pas inventer. Paradoxalement, cette vie, ma vie, qui me semblait si terne, et bien moins intéressante que tous les parcours de mes héros de papier, m'inspirait mes plus belles pages, mes discours les plus habiles, mes émotions poétiques les plus subtiles, mes mots les plus justes. En fait, je ressentais le besoin d'être au cœur des choses au moins à travers mes écrits, puisque je ne réussissais pas à y entrer dans le réel.

Il me fallut atteindre un âge respectable – en tout cas me permettant de me respecter moi-même – pour oser me lancer dans une entreprise que je considérais comme colossale, celle de ne pas me mettre au centre d'un récit, ne pas y décortiquer les sentiments que j'avais éprouvés, ne pas y semer les cailloux que j'avais heurtés sur mon chemin, ne pas y faire se croiser des fantômes de mon passé, ne pas y camper des rôles d'individus rencontrés six mois ou dix ans auparavant. Il me fallait oublier tout ce que je connaissais pour m'aventurer dans un territoire totalement vierge, ou bien, à tout le moins, réagencer tout ce que je connaissais d'une manière nouvelle, comme on fabrique un patchwork original avec de vieux morceaux de tissus collectés à droite et à gauche. Je savais bien que, en cherchant bien, ou même sans tellement chercher, en étant juste attentif ou un tant soit peu observateur, on allait retrouver des lieux, des dialogues, des personnages, issus de mon propre vécu, mais cela devrait constituer néanmoins un parcours complètement neuf, une histoire inédite, fausse, imaginée. Rien n'aurait existé, je serais libre de créer le déroulement de A à Z, je serais Dieu. C'est sans doute ce pouvoir-là qui me faisait si peur.

## 2

## TOUT COMMENCE DANS UN VERGER

Émilien naquit en 1899 : la dernière année du siècle pourrait s'interpréter comme un symbole, sauf que les circonstances ne s'y prêtaient guère, situant cette naissance dans un contexte bien plus trivial que celui d'une lecture prémonitoire de la vie qui attendait ce nouveau-né non désiré. Sa mère servait comme bonne à tout faire dans une famille aisée de la bourgeoisie de province. Une province par ailleurs plus provinciale que d'autres, engoncée dans ses certitudes et sa ruralité, confite dans des croyances où le catholicisme bien-pensant le disputait aux histoires de sorcières, et où l'argent et la propriété donnaient à ceux qui en disposaient des pouvoirs quasi illimités, du moins était-ce l'impression de ceux – et ils étaient les plus nombreux – qui en étaient dépourvus.

La mère d'Émilien, pauvre et ne possédant rien, sinon les vêtements qu'elle avait sur le dos, ne s'était pas crue autorisée à faire plus que repousser, énergiquement, mais en vain, le fils de ses patrons qui l'avait culbutée, un soir de printemps, sur le pré où elle étendait la lessive, dans l'air frisquet, mais plein de senteurs qui montaient des églantiers bordant le verger. Elle n'avait même pas crié, s'était seulement débattue en ravalant les larmes qui débordaient de ses yeux, trop fière pour donner à son jeune patron la satisfaction de la voir pleurer, trop faible pour pouvoir échapper à son emprise, trop humiliée pour prononcer un seul mot après qu'il l'eut lâchée. Le linge était répandu sur l'herbe verte, et sur un des draps froissés qui avait servi de couche improvisée à leurs ébats, une trace de sang témoignait de sa virginité maintenant enfuie. Elle se dépêcha de tout remettre dans le grand panier d'osier, mais il avait lui aussi remarqué la tache rouge, et son sourire moqueur s'imprima dans l'esprit de Berthe, comme une blessure, plus douloureuse encore que le souvenir des gestes brutaux de son maître, de sa violence contenue, de la brûlure, du déchirement. Ce sourire la hanta longtemps.

Elle y songeait encore le jour de la naissance d'Émilien. Elle avait dix-huit ans depuis quelques semaines, et elle savait déjà que sa vie ne commencerait jamais, qu'elle se terminait là dans cette chambre glaciale, avec la mise au monde de cet enfant vigoureux et robuste qui lui crucifiait les entrailles et criait dans l'air froid, fermement emporté par les mains de sa grand-mère : fille-mère, voilà ce qui l'attendait, voilà ce qu'il avait fait d'elle avec cette tache de sang sur le blanc du drap. Le printemps qui avait éveillé chez cet homme un désir de bête avait aussi tué en elle toute possibilité d'une vie humaine digne de ce nom. Il pouvait bien sourire, c'était plus que sa virginité qu'il avait volée et souillée, c'était son avenir, sa liberté, son être de femme.

Émilien cependant ne savait encore rien de la façon dont s'annonçait sa vie, et des auspices peu favorables sous lesquels elle démarrait. Il fut un bébé vorace et obstiné, à l'humeur plutôt égale et au sommeil profond. Peut-être cherchait-il à faire oublier qu'il gênait, qu'il était un poids, et que, même pour sa mère, sa présence ne représentait pas une source de joie, mais une cause de complications toujours renouvelées.

À commencer par son emploi qu'elle avait dû quitter dès que son ventre était devenu bien visible : les relations et amis de ses maîtres ne pouvaient évidemment tolérer d'être accueillis ni servis par une pécheresse qui s'adonnait au sexe en dehors des liens du mariage. Eussent-ils su qui était à l'origine de son état intéressant que cela n'eût strictement rien changé à leur décision, ils renvoyèrent la mère d'Émilien dès le mois d'août, quand les plis de son tablier ne suffirent plus à dissimuler sa grossesse. Elle ne travailla donc pas jusqu'à l'accouchement, si l'on admet que n'entrent pas dans la catégorie du travail les diverses corvées qu'elle effectuait sous le toit de ses parents : nourrir les volailles, désherber le potager, cuisiner, laver la vaisselle et le linge, balayer, garder la vache, plumer les poulets, éplucher les pommes de terre, entretenir le feu, faire la soupe, et cela malgré la gêne que son ventre énorme lui causa dans les dernières semaines, qui la faisait se dandiner du poulailler au jardin, les mains sur les reins. La délivrance mérita largement son nom, ce jour de janvier où elle perdit les eaux alors qu'elle portait une marmite pleine pour l'accrocher dans la cheminée avant d'y mettre à cuire les légumes pour la soupe. Elle crut tout d'abord qu'elle avait renversé un peu du liquide hors du récipient, mais fut vite détrompée par la tiédeur gluante qui dégoulinait le long de ses jambes, sous sa jupe, et elle se mit à crier, un cri bref et effrayé de bête traquée, qui fit accourir sa mère.

Il n'y eut ni médecin ni sage-femme pour présider à son accouchement, qui eut lieu dans le lit de ses parents, éclairé chichement par un soleil pâle de fin de matinée. Elle était solide et peu douillette, mais Émilien, gros bébé plein de vie, la mit en sueur et lui arracha les cris que son père n'avait pas réussi à obtenir. Elle le mit au sein dès qu'il fut nettoyé et langé, et ne put s'empêcher de s'émerveiller devant l'appétit de son fils, qui tétait énergiquement, les yeux fermés et les poings serrés, bien décidé à se lancer dans l'aventure de la vie, malgré le peu d'enthousiasme qui émanait de sa famille silencieuse et de cette triste journée d'hiver.

Berthe ne resta pas longtemps fille-mère. Non que les prétendants se bousculèrent pour épouser celle qui fut dès lors considérée dans le village comme une fille perdue, une moins que rien, et même, pour certains, une putain ; il n'y en eut en réalité qu'un seul pour s'intéresser à cette jeune femme de bonne constitution, à la bouille ronde et au regard têtu, dont les joues roses et les bras potelés témoignaient d'une évidente bonne santé, condition sine qua non pour donner envie à un fermier de la mettre à la fois dans son lit et sous son toit. Ce que fit le premier qui passa par là, avec l'assentiment de ses parents, craignant de ne pas voir une telle occasion se présenter de si tôt. L'homme prit Berthe et Émilien, puisque tel était le lot. Il les emmena, dès que la cérémonie (si l'on peut qualifier de la sorte le bref passage à la mairie et le souper qui fut servi ensuite à la table familiale en présence des parents de la mariée, de ses cinq frères et sœurs et des deux témoins, qui étaient aussi ses cousins germains) se fût achevée, dans son village natal, qui se trouvait à plus de cent kilomètres de là, autant dire à des années-lumière.

Le voyage se fit dans une carriole tirée par un percheron : l'été touchait à sa fin, il faisait bon, et Berthe s'installa derrière avec le petit, appuyée sur une caisse qui contenait les quelques objets qu'elle emportait avec elle, le berceau en bois qui avait accueilli tous les nouveau-nés de la famille, sa robe du dimanche, ses deux chemises de nuit, un petit édredon pour Émilien… Quand ils quittèrent la cour où picoraient deux poules neurasthéniques, ses parents se tenaient immobiles devant la porte, la main au-dessus des yeux pour se protéger du soleil. Elle les regarda sans sourire, sans pleurer non plus, et les fixa jusqu'à ce que le premier virage de la route les ôtât à sa vue. Alors elle tourna la tête vers l'homme qui menait le cheval et se mit à contempler son dos.

Il était veuf depuis quelques mois, et ne supportait plus ni la charge de travail que la ferme, bien que très modeste, lui imposait, ni la solitude des nuits où aucune chaleur ne lui tenait compagnie dans le lit. Venu à la foire de Bourges pour essayer de vendre son cheval, il avait lié connaissance au bistrot avec un paysan qui, par hasard, lui avait parlé de la mère d'Émilien, entre deux médisances et trois blagues salaces. Assez retors pour obtenir sans en avoir l'air quelques renseignements plus précis sur la jeune femme, son allure et les ressources de sa famille, le jeune veuf avait renoncé à la vente du cheval pour se consacrer plutôt à la chasse à l'épouse. Il avait approché la maison sous un prétexte quelconque, qu'il n'avait même pas pris la peine de préparer, et il l'avait vue dès le tournant, traversant la petite cour boueuse après l'averse tombée dans la matinée. Elle portait l'enfant sur la hanche et un panier dans la main gauche, d'où dépassaient des feuilles de salade. S'il n'avait pas déjà quasiment pris sa décision, cette vision l'aurait à coup sûr convaincu que cette femme était bien celle qu'il lui fallait : il n'aurait pas su l'expliquer avec des mots, mais toute l'apparence de la jeune mère concourait à cet élan. Il se dégageait d'elle, bien loin du charme et de la fragilité prisés par les citadins ou les bourgeois, une puissance douce, une placidité saine, et l'alliance du bébé et des légumes fraîchement cueillis parlait bien plus que ne l'aurait fait une longue description. Cette femme serait tout à fait à sa place à la ferme, elle était travailleuse, jeune, en bonne santé, et lui ferait une ribambelle d'autres enfants qui l'aideraient aux champs.

Voilà comment bascula la vie d'Émilien, si tant est qu'elle eût été très différente s'il était resté vivre chez ses grands-parents. Son père adoptif – car il lui donna son nom en épousant sa mère – ne le considéra jamais tout à fait comme son fils, mais ne le fit jamais non plus souffrir sciemment. Émilien d'ailleurs ne se plaignait pas : il conserva toute sa vie ce caractère à la fois combatif et secret qui lui faisait accepter les choses inévitables, tout en essayant de modifier celles sur lesquelles il pensait pouvoir exercer une quelconque influence. En l'occurrence, la dureté de son beau-père ne semblait pas pouvoir être changée, et ce d'autant moins après que furent nés les huit frères et sœurs que sa mère mit au monde à un rythme aussi régulier qu'impitoyable… Les bébés naissaient généralement à la fin de l'été, comme si les rigueurs hivernales avaient causé des rapprochements féconds dans la chambre étroite de la ferme, où le lit occupait toute la place disponible, tandis que les enfants s'entassaient au fur et à mesure de leur sevrage dans un recoin de la pièce principale, non loin de la cheminée, serrés tous ensemble dans un lit fermé à l'ancienne, dont les pans coulissaient dans un grincement sinistre.

Émilien y fut bientôt à l'étroit et décida d'émigrer dans le grenier, où la chaleur le faisait suffoquer l'été alors qu'il grelottait sous le gel de l'hiver : toutefois, ces inconvénients climatiques étaient largement compensés par le fait qu'il occupait seul un espace assez vaste d'une part, et d'autre part qu'il y avait accès par une échelle appuyée sur le mur arrière de la maison, complètement dissimulé aux regards, et lui permettant donc une liberté de mouvement totale à laquelle il n'avait jamais goûté jusqu'à présent.

Ce fut donc dans ce grenier qu'il dormit, rêva, pleura, travailla, réfléchit, qu'il lut tout ce qui lui tombait sous la main et écrivit sur des chutes de papier des textes anarchiques, et s'exerça en outre à retranscrire des notes de musique. Émilien ne fréquenta l'école du village que durant quatre années. Le temps d'apprendre les bases de la lecture et du calcul, mais surtout de découvrir que l'instruction ouvrait les portes de mondes insoupçonnés. L'école, pour le peu de temps qu'il la connut, lui sauva littéralement la vie. De petit paysan bâtard et miséreux, elle le transforma en humain avide d'apprendre toujours plus, en explorateur de territoires dont la découverte entraînait immanquablement l'ouverture vers un autre domaine, tout aussi inconnu et plein de tentations. La lecture fut évidemment la première clé, celle qui lui ouvrit les autres portes : celles de la philosophie, des sciences, de la géométrie, de la musique, de l'histoire… Il eut juste le temps de maîtriser assez cette magie pour en tirer tout le nectar, même après qu'il eut quitté la classe pour garder les vaches de son beau-père, tâche qui lui incomba dès qu'il eut atteint ses neuf ans. Malgré les aubes glaciales et les crépuscules terrifiants, malgré les journées solitaires et les repas frugaux, malgré le manque de sommeil et les pieds gelés, il aimait ces moments qui le laissaient libre de lire les bouquins prêtés par le maître d'école, ou les almanachs des années passées que les colporteurs bradaient sur leur passage. Il vécut ainsi ses plus beaux voyages imaginaires, et il n'était pas rare que la nuit le surprît alors qu'il s'efforçait de déchiffrer, de plus en plus difficilement, les caractères imprimés de l'ouvrage déposé sur ses genoux écorchés. Cette passion pour la lecture ne le quitta jamais.

# 3

## QUAND ON VEUT METTRE LA VIE EN SCÈNE

J'eus tout d'abord l'idée de raconter la vie de ma mère. Je n'aurais jamais envisagé cette hypothèse avant d'avoir atteint une certaine maturité, car mes relations avec ma mère avaient longtemps
été teintées d'une couleur conflictuelle, avec des plages de calme
provisoire, qui heureusement avaient eu tendance à s'élargir
tout au long des années. Quoi qu'il en soit, je n'avais jamais eu
envie auparavant d'écrire sur un tel sujet, qui éveillait en moi des
émotions tout aussi floues que contradictoires. Sous un certain
angle, ma mère me ressemblait trop, et, tout à la fois, je ne me
reconnaissais pas du tout dans son personnage. Je ne voulais pas
devenir ce qu'elle était, alors que je possédais de nombreux traits
qui pourraient bien m'y conduire si je n'y prenais pas garde. Je
préférais donc écarter ce thème de ma route littéraire, l'enfouir,
le soustraire de mon esprit, au moins pendant un certain temps.

J'avais jusque-là raconté des moments clés de ma vie sous
forme de nouvelles, d'histoires pour enfants qui avaient été bien
accueillies, mais m'avaient assez peu satisfaite, de romans bâtis
sur des fondations réelles où la fiction était venue se poser aussi
légèrement que les cloisons de papier des maisons japonaises.

Fallait-il encore que je pusse trouver dans mon quotidien des instants suffisamment stimulants pour déclencher le processus de création : j'enviais chaque jour les auteurs qui se nourrissaient de leur seule invention, qui enfilaient les perles de leurs rêves sur le fil de leur stylo, qui modelaient un univers à partir de rien. Moi je devais piocher dans ce que je connaissais, comme le potier, je partais d'une boule de terre préexistante pour former un vase. Je rassemblais des ingrédients et cuisinais avec ce que j'avais sous la main : avec une tomate, du fromage et du persil, je ne pouvais pas confectionner un plat en sauce ! En revanche, et pour filer la métaphore, j'étais assez douée pour monter des blancs en neige…
Il m'était relativement facile de créer une histoire à partir d'un incident mineur, de donner vie à des fantasmes et de fouiller le cœur des personnages qui n'avaient fait que croiser brièvement mon chemin, pour peu que ceux-ci m'eussent suffisamment plu et qu'ils eussent suscité en moi des rêveries intenses. Si je tombais amoureuse, cela me simplifiait alors la tâche. Ma capacité à broder autour d'une situation amoureuse pouvait s'avérer inépuisable : je l'alimentais avec mille suppositions, possibilités, projections, envies, désirs, et je n'avais qu'à suivre le fil de ce labyrinthe, exactement comme dans ces cahiers de jeux pour enfants où le crayon doit coller au trajet qui relie le chien à sa niche ou l'oiseau à son nid.

J'avais donc beaucoup expérimenté ce domaine : ma découverte de l'amour, ma vision du couple, ma rupture, mes retrouvailles avec l'amour, mon second grand échec, ma seconde et douloureuse rupture, ma jalousie, ma sensation de trahison, ma dernière (ou ce que je croyais être la dernière) expérience amoureuse… Presque chacune de ces circonstances avait donné naissance à un roman, à une pièce de théâtre ou à un texte de nouvelle. Et dans le cas de certaines, afin d'épuiser les sommes d'émotions qu'elles suscitaient, deux livres avaient pu en être tirés, sinon trois. Bon, il me faut bien reconnaître que je ne produisais pas des milliers de pages : le manque de modestie pourrait me faire dire que je préférais la qualité à la quantité, mais ce serait faux. La raison en était beaucoup plus simple : je m'essoufflais vite. Une fois plongée au cœur de mon intrigue, j'en extrayais la *substantifique moelle*, je creusais des galeries dans tous les sens, je jouais avec les mots pour qu'ils collent au mieux à l'histoire que je racontais, telle une épaisseur de chair élastique et vivante accrochée à un squelette, et puis, très vite, au bout de cent cinquante ou deux cents pages au maximum, le dénouement s'imposait. Je ne pouvais pas écrire un mot de plus. Le soufflé retombait. Je ressentais alors soulagement et nostalgie, une sorte de baby blues post-partum, mais même si j'avais voulu ajouter dix lignes, je n'y serais pas parvenue. J'avais pressé l'éponge jusqu'à la dernière goutte et rien ne pouvait plus en sortir.

Pourtant, certaines fois, pour certains récits, j'aurais bien aimé prolonger le plaisir narcissique de la narration : l'exercice donnait en effet lieu à la réédition d'émotions intenses, qui provoquait chez moi un état similaire à celui que j'avais éprouvé dans la réalité, quand c'était le cas, ou qui me projetait dans l'excitation exaltée d'une situation imaginée quand il s'agissait d'un contexte inventé. Ce fut le cas pour mon dernier roman, je veux dire le dernier que je consacrais à une histoire vécue, autour de laquelle je brodais à outrance, tissant des fils et les assemblant précautionneusement à la manière d'une toile d'araignée, que je me réjouissais de voir trembloter dans les rayons du soleil, fragile et indestructible. Cette histoire ne m'avait pas laissée indemne. Bien plus que cela : elle avait bouleversé en moi des couches profondes, remis en cause des certitudes, posé de nouvelles questions. Pour en faire le tour avec mon clavier, j'avais utilisé plusieurs styles littéraires, comme si seule une vision kaléidoscopique pouvait rendre compte des remous qui agitaient toujours mon paysage intérieur. Peut-être avais-je raté là l'occasion du fameux roman de six cents pages dont j'avais secrètement le projet, toujours est-il que je lui avais préféré, par paresse ou par facilité, la juxtaposition de ces trois genres, variations sur le même thème, un roman, des nouvelles et une pièce de théâtre. Cette dernière fut d'ailleurs mise en scène par une troupe, où ma meilleure amie s'occupait de la mise en scène en plus de jouer la comédie, et je fus désignée pour la seconder dans cette fonction, ce qui s'avéra bien plus compliqué que je ne l'avais prévu.

C'est une chose en effet de jouer avec les mots et d'en constituer une mosaïque chatoyante, de créer des univers dans le flou de l'imagination, de les détruire éventuellement comme on balaye de la main un jeu de Lego, de redistribuer les cartes au gré des évènements que l'on souhaite mettre en place, de faire bouger des personnages au bout de nos phrases telles des marionnettes… C'en est une autre de travailler sur de la matière palpable pour la faire ressembler à ce qu'on a dans la tête. Je me heurtais pour cette mise en scène à la confrontation du réel et de l'imaginaire – ce qui avait toujours été mon problème : cette fois je la touchais vraiment du doigt, et ça me laissait perplexe, et très perturbée. Choisir les acteurs (bien que le choix soit évidemment assez limité dans le petit monde du théâtre, dès lors qu'on ne travaille pas avec des comédiens illustres), composer le décor, concevoir les jeux de scène, les postures, les déplacements, toute cette construction n'avait strictement rien à voir avec l'écriture.

Et pourtant, qui mieux que moi (disait mon ami Daniel) pouvait indiquer avec précision chacun de ces détails ? Je n'avais qu'à (toujours d'après lui) me référer constamment à ce que j'avais en tête, aux images que j'avais vu défiler pendant la rédaction de la pièce, et tout s'assemblerait au plus juste. Mais ça ne se passait pas comme ça ! Écrire n'était en aucun cas, pour moi, le copié-collé d'un film qui se déroulait dans un espace intérieur et que je me contentais de retranscrire. Ce n'était pas non plus un accouchement douloureux qui donnait naissance à une œuvre-enfant dans les affres et la sueur. Cela ressemblait plus, de mon point de vue toujours, à un cheminement, parfois laborieux, parfois purement extatique, au gré de sentiers mystérieux que je parcourais du bout de ma plume. Les histoires ne s'écrivaient pas toutes seules, mais presque : les mots s'enchaînaient et je découvrais pas à pas, lettre à lettre, ce que je voulais dire, ce qu'il y avait à dire, ce qui se tramait dans les recoins obscurs de ma tête, de mon cœur et d'autres endroits métaphoriques tourmentés ou blessés, paisibles ou agités. Ce processus de découverte expliquait sans doute le fait que, bien que le point de départ fût un incident ou un sentiment bien réels, la suite donnait lieu à des imprévus et que la fiction se greffait peu à peu sur ce germe authentique.

La pièce racontait l'histoire de Charlotte, une femme mûre, heureuse en apparence (et là on entrait déjà dans le fictif…), un peu artiste, un peu bourgeoise, mère de famille et épouse, qui tombait amoureuse d'un très jeune homme et remettait ainsi en question ses choix de vie, bien que cet amour demeurât complètement platonique pour des raisons multiples, dont la plus évidente était l'homosexualité du jeune homme.

Charlotte possédait un certain nombre de points communs avec moi, évidemment, dont certains traits de caractère, en tout cas ceux dont j'étais consciente, et une petite histoire commune. Elle était angoissée, mais optimiste, impulsive et un peu psychorigide, passionnée et réfléchie… Une somme de paradoxes qu'elle gérait difficilement au quotidien et qui lui valait de vivre des situations compliquées, des élans contrariés, des engouements vite suivis de retours en arrière, des amours inabouties et des ruptures doulou- reuses. Dans la pièce, elle montrait aussi une certaine maîtrise d'elle-même, dont j'étais loin de faire preuve dans la vraie vie. Je lui trouvais en outre une séduction indubitable, une sorte de fragilité perçant sous une évidente assurance verbale, qui ne m'appartenait pas, à mon plus grand regret.

Le jeune homme s'inspirait presque complètement de la réalité. Il avait existé et existait encore, bien que les cercles concentriques causés par son existence dans la mienne eussent terminé de pro- voquer des ondes depuis quelque temps déjà, au moment où je me décidai à écrire la pièce. Excepté son activité professionnelle, j'avais peint un portrait de lui quasi à l'identique. Et ce qui se pas- sait dans la pièce entre Charlotte et lui ressemblait à s'y méprendre à ce que j'avais expérimenté moi-même. Le trouble bouillonnait encore dans mes veines, ce qui me permettait de trouver les mots. Mais de là à choisir un individu de chair et d'os pour l'incarner ? Lui seul, le vrai Félix, l'aurait pu. Et qui en face de lui ? Moi ? Il n'en était pas question, je ne jouais pas, cela n'entrait pas dans mes attributions, et encore moins dans mes compétences. Alors, placer face à lui une comédienne qui correspondît au rôle, en âge et en apparence ? Rien que d'y penser, la jalousie me dévorait. Encore une de mes incohérences : j'avais sincèrement renoncé à tout sentiment amoureux pour Félix, mais je refusais encore de le laisser dans les bras d'une autre, même au théâtre. Pourtant, je n'éprouvais nullement la même morsure quand il s'agissait de ses coups de cœur pour des garçons, qui par ailleurs ne se concrétisaient jamais, mais dont il me tenait au courant, non pour me tester, mais parce que nous avions fini par établir, au fil des mois, une amitié assez particulière, faite de confiance réciproque et de confidences plus ou moins intimes, de complicité et de jeux de séduction, qui nous emmenaient tour à tour sur des terrains fraternels puis plus ambigus. Félix, mon frère, mon âme sœur, mon ami, mon guide, mon disciple, mon amant rêvé…

La distribution fut donc un véritable casse-tête, qui pour moi conditionnait tout le reste de la mise en scène. Il me semblait inenvisageable de jouer avec des comédiens qui ne ressembleraient pas point par point à mes personnages, et je bloquais sur cet obstacle pendant des jours, me perdant en discussions interminables avec Daniel (qui jouait le rôle du mari de Charlotte, un des seuls qui ne soulevait pour moi aucune interrogation), quêtant l'approbation de mon amie Laure (qui, quant à elle, endossait le rôle de Paula, la meilleure amie féministe et extravertie), que j'obtenais la plupart du temps. Tout tournait évidemment autour de Félix, enfin de son jumeau de fiction, et aucun des acteurs que nous avions sous la main ne trouvait grâce à mes yeux, aucun n'avait le charisme de l'original, le pouvoir de séduction, la sensibilité à fleur de peau, le regard tourmenté…

– Mais ils sauront «jouer» ça ! insistait Daniel.

– Le jouer ne suffit pas, il faut qu'ils le sentent…

Daniel secouait la tête avec un air accablé, regrettant de toute évidence de m'avoir proposé la mise en scène. On finit par garder sous le coude deux Félix potentiels, avant de se consacrer à la recherche de Charlotte, à laquelle je devais pouvoir m'identifier, selon ma conviction personnelle, qui n'était pas unanimement partagée… Trois comédiennes se proposèrent. Laure m'observait pendant que chacune récitait le bout de texte au moment de l'essai. Sa patience légendaire s'émoussait doucement.

– Alors ? La seconde n'est pas mal, non ?

Daniel renchérit, avec ses gros sabots.

– Elle est parfaite.

– Hum, bougonnai-je avec scepticisme.

Devançant les remarques acerbes que Daniel s'apprêtait à émettre, Laure lança :

– Je leur ai dit qu'on les appelait dans la soirée… Mais Clarisse, il faut qu'on se décide, hein ! Tu ne trouveras jamais ton double, ni celui de Félix : alors soit vous jouez les rôles vous-mêmes, soit tu prends le beau petit blond d'hier et la deuxième fille de ce soir. Sinon on ne s'en sortira jamais et ta pièce ne sera jamais sur scène.

C'est comme ça que je rencontrai Adrien.

# 4

## CHERCHER UNE HERBE PLUS VERTE

Émilien quitta son foyer à l'âge de quatorze ans. La famille comptait alors sept enfants, lui compris, et sa mère en portait un autre, qui devait naître au mois de mai cette fois, l'automne ayant été particulièrement précoce et les pluies diluviennes, cette humidité provoquant plus tôt que d'habitude chez son beau-père des ardeurs sexuelles fructueuses. Il faut dire que le septième des enfants allait sur ses six ans et que cette longue période de stérilité, bien que reposante pour Berthe, ajoutée au fait que trois sur quatre des derniers bébés étaient des filles, faisait craindre à son mari un manque criant de main-d'œuvre pour les années à venir. Il avait donc mis toute son énergie à créer ce prochain rejeton, sans attendre les frimas de Noël. Non que ses moments de ruts se limitassent d'habitude à une fréquence annuelle (il avait épousé la jeune mère célibataire aussi pour pouvoir assouvir ses besoins dans ce domaine et comptait bien ne pas se restreindre), mais il avait remarqué que leurs ébats étaient plus productifs quand il s'y appliquait dans certaines conditions, qui réunissaient des paramètres précis : une position bien particulière (que Berthe détestait, mais qu'il goûtait tout spécialement), une durée plus prolongée que pour les rapports à la sauvette qui suivait une longue journée de labeur et venaient comme un baume sur une plaie, et, en outre, une certaine brutalité, assez proche de la violence sans toutefois confiner au viol, ce qu'il aurait trouvé, sinon condamnable, du moins peu conforme à sa vision du couple légitime, où un certain respect devait présider, lui semblait-il, aux relations entre époux.

Il avait donc mis en œuvre cette concordance de circonstances dès la fin du mois d'août, et Berthe, après s'être soumise à son devoir avec un dégoût certain et une obéissance totale, avait vu son ventre s'arrondir à nouveau (bien que les rondeurs se fussent alors répandues sur l'ensemble de son corps depuis quelques d'années) dès la Toussaint. Fut-ce là le signal qu'attendait Émilien pour quitter la ferme ? Ou bien ne supportait-il plus depuis trop longtemps les traitements de défaveur qui lui échouaient en comparaison de ceux destinés à ses frères utérins, même si ceux-ci ne bénéficiaient, loin s'en faut, ni de tendresse, ni de cadeaux, ni même de démonstrations d'affection. On leur épargnait seulement les tâches les plus pénibles, on les battait moins souvent et moins fort, on les nourrissait un peu mieux. Émilien, s'il n'avait pas possédé son bout de grenier et ses livres, se serait enfui depuis belle lurette. Il s'était habitué à se faire traiter de bâtard par les gamins du village, mais il ne pourrait jamais accepter de ne lire dans les yeux de son beau-père qu'une indifférence méprisante, et encore moins sur le visage de sa mère l'acceptation de ce regard, la soumission au maître, l'indignité de sa condition, reconnue et subie. Si elle s'était révoltée, si elle avait pris sa défense, ne serait-ce qu'une seule fois, il aurait pu s'arranger de la situation, il l'aurait même empêchée de se mettre en danger pour lui. Mais douter de son attachement de mère, voilà qui le poussait à partir, à découvrir d'autres horizons, à courir après l'amour et la reconnaissance, loin de la grisaille sèche et triste de ce village où les histoires de sorcières servaient de toile de fond à une vie d'austérité et de labeur.

Il quitta donc la ferme à l'aube, un matin de mars, après avoir regardé un instant le plus jeune de ses frères, endormi dans la paille près de lui. Il lui arrivait d'accueillir à ses côtés pour une nuit le petit garçon malingre, qui souffrait de terreurs nocturnes et ne trouvait qu'auprès de son aîné une écoute affectueuse, et une proximité physique rassurante. Émilien lui jeta un dernier coup d'œil avec un pincement au cœur, se revoyant au même âge, prêt à commencer l'école, plein de crainte et d'enthousiasme mêlés : il espérait que les jours de classe apporteraient à Armand les mêmes joies inaltérables que celles qu'il avait lui-même éprouvées, et qu'il éprouvait toujours, chaque fois qu'il engrangeait une nouvelle connaissance ou qu'il découvrait un champ de savoir encore inconnu.

Le soleil éclairait à l'est un ciel couvert, aux déchirures violettes, et l'humidité transperçait sa veste de toile grossière. Des odeurs de terre mouillée et de fougères imprégnaient l'air, Émilien sautillait par moments pour enjamber les flaques d'eau qui jonchaient le sentier. Il rejoignit bientôt la grand-route, balançant son baluchon d'une épaule sur l'autre, et faisant claquer ses sabots sur les pavés. Il n'avait pas vraiment de plan, ni de projet précis : la ville la plus proche constituait son premier but, puis il espérait gagner ensuite la capitale, où il se sentait prêt à affronter n'importe quelle situation tant il était certain de pouvoir trouver du travail et de gagner suffisamment d'argent pour que sa vie changeât enfin de cours.

Pour l'heure, il sortit de sa poche un harmonica, que lui avait vendu pour quelques pièces le colporteur, celui qui lui fournissait aussi ses almanachs. Cet instrument, outre le trésor qu'il représentait pécuniairement (il lui avait fallu plusieurs mois pour réunir la somme, pourtant minime, qui avait permis son achat : il avait aidé le vieux Martin sur le marché plusieurs semaines de suite, en se cachant de son beau-père, qui n'aurait pas toléré que ses bras servissent à d'autres tâches que celles qu'il leur octroyait lui-même), cet harmonica à moitié rouillé et au capot défoncé à deux endroits représentait pour Émilien son premier instrument de musique, celui sur lequel il s'entraînait à faire des gammes, un objet de quelques centaines de grammes qui lui ouvrait les portes d'un autre territoire magique et improbable, celui de la musique.

Un siècle plus tard, sans doute aurait-on classé Émilien dans la catégorie, complexe et discutée, des enfants précoces : en 1913, personne ne s'était aperçu de ses capacités exceptionnelles à retenir toutes sortes de données, à comprendre des raisonnements divers, à faire le lien entre des informations a priori sans aucun point commun, ni de sa curiosité insatiable, ni de sa détermination à apprendre. Et pour cause : le maître d'école n'avait pas eu le temps, en trois ans, de découvrir l'étendue de ses capacités. Tout juste s'était-il félicité de sa rapidité à maîtriser la lecture et le calcul, avant de le voir partir vers d'autres cieux, ou plutôt sous le ciel bas des champs où il gardait les vaches de son beau-père, puis vers l'étable sombre où il les trayait, et enfin sous le plafond de planches disjointes de son grenier, à travers lesquelles parfois le firmament venait nourrir ses rêves en piquetant d'étoiles les interstices, où s'engouffraient parfois aussi la pluie et la neige.

L'enseignant avait bien remarqué, cependant, certains soirs où Émilien était resté plus tard dans la classe pour l'aider à remplir les encriers, que l'enfant mettait plus d'enthousiasme que les autres à chercher des réponses aux questions qu'il lui posait. Toutefois, il connaissait bien son beau-père, et savait par avance que le gamin ne fréquenterait pas l'école au-delà de trois ou quatre ans, parce qu'on avait besoin de lui à la ferme. Il faisait déjà partie des premiers absents quand la saison exigeait plus de bras, et bien souvent, il cumulait les travaux chez son père avec d'autres dans des fermes plus prospères où il était employé comme valet. Dans ces conditions, l'école représentait un luxe, une occupation superflue qui ne rapportait rien, une perte de temps et d'argent... Le maître d'école, malgré sa croyance profonde dans les vertus inégalables de l'instruction, renonça donc d'emblée à en convaincre la famille d'Émilien.

Il ne se résigna toutefois pas complètement à laisser en friches cet esprit éveillé et fureteur, et il lui donna, pour assouvir sa soif de découvertes, plusieurs ouvrages : des livres qu'il possédait en double dans sa bibliothèque personnelle, dont le fameux *Tour de France par deux enfants*[1], d'autres très usagés et auxquels manquaient souvent des pages, pris dans les archives de l'école, empilées dans la cave où papiers et registres achevaient de pourrir, et même, une fois, un livre neuf qu'il lui offrit sous le prétexte, pas totalement faux, de le récompenser d'une dictée particulièrement difficile où Émilien fut le seul à ne commettre aucune faute.

---

1. D'Augustine Fouillée, qui le publia en 1877 sous le pseudonyme de G. Bruno, et qui contribua à la pédagogie institutionnelle jusqu'en 1950.

Il s'agissait des *Aventures de Huckleberry Finn*, où l'éloge de la liberté et la quête menée par l'innocent et attachant héros avaient paru tout à fait convenir, d'après M. Perruchet, aux attentes supposées d'Émilien. Il avait cependant longuement hésité devant la devanture de la librairie de Bourges, car le lyrisme d'Homère, dans *L'Iliade et l'Odyssée*, pouvait bien évidemment présenter une alternative au roman de Mark Twain. Cependant, même précoce et intelligent, il ne fallait pas surestimer les compétences du petit paysan. Le caractère rebelle et avant-gardiste de Perruchet fit le reste : il acheta le livre de Twain, content de lui, se prenant pendant quelques heures pour un aventurier généreux. Il remit son présent à Émilien dès le lendemain, à la sortie des classes. Le jeune garçon franchissait la porte quand son maître lui posa une main sur l'épaule en lui demandant :

– Tu es pressé, Émilien ?

Celui-ci secoua négativement la tête et regarda Perruchet, de ses yeux francs où brillait malgré lui une étincelle de crainte domptée, car il était plus habitué aux réprimandes qu'aux compliments, et, bien qu'il s'appliquât à n'en rien laisser paraître, il s'attendait toujours à un reproche. Ce n'était jamais le cas à l'école, mais il n'excluait pas la possibilité que son beau-père, avec ses exigences, le poursuivît jusque dans cet espace neutre où il se sentait habituellement en sécurité.

– Peux-tu effacer le tableau avant de partir ?

– Oui, Monsieur.

Émilien s'empara du chiffon et commença à frotter la surface noire où étaient encore inscrites la morale du jour (« Mieux vaut tenir que courir ») et les divisions que venaient d'effectuer les deux élèves du cours complémentaire. Pendant ce temps, le maître d'école sortait de sa serviette en cuir un paquet, emballé dans un papier beige.

– Émilien ?

– Monsieur ?

– Tiens, c'est pour toi.

Le garçon ne comprit pas tout de suite : c'était sans doute la première fois de sa courte vie qu'il recevait un cadeau, et il regarda l'objet sans faire aucun geste.

– Prends-le !

– Qu'est-ce que c'est ? demanda Émilien en tendant une main hésitante vers le paquet, qu'il effleura d'abord d'un doigt avant de le prendre plus fermement.

Le maître d'école se tut, observant la façon que le garçon avait de tâter discrètement les contours et la matière de l'objet, qu'il tenait maintenant à deux mains, serrant puis relâchant sa pression, comme pour éprouver la résistance de ce qui se trouvait sous l'emballage.

– Tu ne devines pas ?

Émilien fit non de la tête, mais son regard pétillant démentait son geste : il avait bien deviné que c'était un livre, mais il ne pouvait pas tout à fait y croire, se demandant par quel miracle on lui donnait un tel trésor, et n'osant pas dire le mot tout haut, de peur d'être cruellement déçu s'il se trompait. Il retourna plusieurs fois le présent, ignorant quel comportement on attendait de lui dans cette situation inattendue.

– Et bien, ouvre-le, s'impatienta Perruchet, qui se délectait à l'avance des manifestations de joie prévisibles d'Émilien quand il aurait enfin ôté le papier et découvert son cadeau.

Mais Émilien semblait pour une fois pris au dépourvu, et démuni de ses réactions si vives habituellement : il ne savait pas trop s'il devait déchirer le papier maronnasse ou au contraire s'appliquer à enlever cette écorce qui protégeait son bien, afin que cela pût servir à nouveau, à lui ou à quelqu'un d'autre. Comment se comporter en pareil cas ? Ce fut finalement Perruchet qui résolut le problème, en attrapant sur son bureau un coupe-papier, qu'il lui tendit. Émilien l'inséra délicatement à l'endroit où le libraire avait replié la feuille et il coupa le papier le long du pli, faisant apparaître peu à peu la couverture du livre.

Elle était de couleur vert foncé, et reprenait à l'identique les caractéristiques de l'édition américaine de 1884, excepté le cuir qui avait une qualité médiocre : on y retrouvait les initiales du héros, le H et le F, composées d'images de planches clouées entre elles, et le nom de l'auteur en lettres dorées, juste à côté d'un portrait en relief du jeune Finn, un grand chapeau sur la tête et les mains dans les poches, l'air espiègle et enjoué. Le titre, *Les aventures de Huckleberry Finn (L'ami de Tom Sawyer)*, avec ses parenthèses mystérieuses qui laissaient place à toutes les suppositions (qui était ce Tom Sawyer ? et Émilien saurait-il comprendre ces aventures sans connaître ces personnages aux noms étranges ? où se passait cette histoire dont les héros possédaient des vocables à la consonance si manifestement étrangère ?), ce titre étrange procura donc à Émilien une excitation mêlée d'appréhension, persuadé qu'il fut alors de ne pas être à la hauteur d'un tel ouvrage, un livre neuf et épais, avec un contenu si exotique, et ce mot «aventures» l'enivra aussitôt, fit accélérer les battements de son cœur et lui ramollit les cuisses, à tel point qu'il faillit demander une chaise. Au lieu de cela, il fit l'effort de balbutier :

– Vous me le prêtez ?

– Pas du tout ! s'exclama le maître d'école, mais en voyant la déception se peindre sur le visage du gamin, il s'empressa d'ajouter : je te le donne, il est à toi, c'est un cadeau !

Ces affirmations en salve finirent par convaincre Émilien, qui retrouva des couleurs et de l'assurance.

– Mais pourquoi ?

– Parce que tu n'as fait aucune faute à la dictée si difficile de vendredi, et que tu couronnes ainsi un trimestre de travail très satisfaisant, je dirais même excellent. Tu le mérites largement, Émilien, et j'espère que cette lecture t'apprendra beaucoup de choses, tout en te distrayant.

– Je peux l'emporter chez moi ?

Perruchet lui ébouriffa les cheveux, presque tendrement :

– Oui, bien sûr, ce livre t'appartient.

Émilien savait bien qu'il devait remercier le maître, mais le mot «merci» lui parut alors bien peu propre à exprimer toute la reconnaissance qu'il éprouvait à cet instant. Il le prononça le plus intensément qu'il put, et, pour le reste, il manifesta sa joie en nettoyant le tableau noir avec tant de fougue et de minutie qu'il retrouva l'apparence qu'il avait dû avoir au moment de son installation. Pour faire bonne mesure, Émilien passa un coup de balai et remplit les encriers, pendant que Perruchet corrigeait des cahiers tout en observant de temps à autre, avec un sourire rêveur, son élève zélé qui s'agitait telle une armée de fourmis.

Ce soir-là, dans le grenier, Émilien connut un moment de bonheur incomparable quand il fut couché sur sa paillasse, une chandelle près de sa tête, et qu'il tourna la première page de SON livre après en avoir caressé la couverture du plat de la main, avec une infinie délicatesse, une tendresse d'amant.

# 5
## OÙ LES BLONDS NE SONT PAS CEUX QUE L'ON CROIT

Quand je me résignai à annoncer que nous allions prendre le «beau petit blond», je n'y mis aucun enthousiasme. Laure, quant à elle, parut soulagée, mais seulement à moitié, car elle me connaissait et savait que rien n'était complètement réglé tant que la comédienne qui devait jouer Charlotte ne faisait pas partie définitivement de la troupe.

J'aurais dû goûter ce nouveau pouvoir que me donnait le choix de la mise en scène, et je n'y parvenais pas. La matière me résistait, ce que ne faisaient pas les mots. Quant aux êtres humains, les vrais, en chair et en os, ceux que nous manipulions pour les faire entrer dans la peau de mes personnages, c'était bien pire : non seulement ils ne se pliaient pas à mes désirs d'auteur, ils ne rentraient pas point par point dans leur moule de papier, mais ils avaient des avis et des points de vue, des sentiments et des émotions, et tout ça interférait avec mes plans, avec la vision que j'avais de l'histoire, des relations entre chaque individu, et ça m'était insupportable, non par mégalomanie, mais parce que je ne savais pas travailler de cette façon et que je perdais le fil, je me noyais dans les remous de toute cette activité bouillonnante, moi qui avais l'habitude de pianoter sur mon clavier sans rencontrer aucune résistance, comme un dieu perché sur son nuage (j'y venais finalement, à cette position divine…).

Laure convoqua donc «le beau petit blond» pour une répétition plus formelle, une scène où il donnait la réplique à Charlotte, qu'incarnait provisoirement (dans mon esprit en tout cas) la deuxième postulante, celle qui plaisait à tous, sauf à moi. Il arriva à l'heure dite, et je le reçus toute seule, car Laure était déjà sur la scène en train de briefer Charlotte2 : les autres viendraient plus tard, ils avaient jugé inutile de rajouter de la tension dans ce qui ressemblait déjà à une atmosphère de cocotte-minute.

Le «futur Félix» frappa et entra dans le petit bureau sans attendre de réponse, ce qui eut pour premier effet de me surprendre dans une posture quelque peu abandonnée (le cheveu en bataille et les pieds sur la table, peu académique pour une responsable de la mise en scène frisant la cinquantaine) et, pour second effet, de ne pas me laisser le loisir de moduler ma voix pour prononcer avec entrain et détermination un «entrez» désormais inutile. J'ôtai mes pieds du bureau et me recoiffai dans un même élan un peu désordonné, puis me levai et lui tendis la main (la sienne avait été plus rapide), et le jeune homme annonça alors avant que j'aie pu ouvrir la bouche :

– Adrien Sifantus.

Je ne compris pas son patronyme, qui me sembla être un surnom de dessin animé, et je souris bêtement.

– Je viens pour le rôle de…

– Oui, oui, coupai-je, je sais pourquoi vous êtes là. C'est moi qui…

– Vous avez écrit la pièce, je sais, oui.

Manifestement, nous savions tout ce qu'il y avait à savoir l'un sur l'autre. Le «beau petit blond» n'était en revanche pas si blond, et même carrément châtain, avec de beaux reflets roux, ce que je trouvais plus acceptable (le vrai Félix avait des cheveux plutôt sombres), et sa taille dépassait sans aucun doute le mètre soixante-quinze, ce qui n'en faisait pas un «petit» homme. Je ne comprenais pas ce qui lui avait valu cette dénomination de la part de Laure, et ça me turlupinait au point que je restai plusieurs secondes sans rien dire, ni rien faire.

– Vous allez bien? demanda Adrien, et sa voix me parut aussi très convenable, assez grave et bien posée, et, quoi qu'il en soit, suffisamment agréable pour qu'il soit crédible à mes yeux, et en l'occurrence à mes oreilles, dans le personnage de Félix.

– Très bien, merci, et vous?

À ces mots, il écarquilla légèrement les yeux, ce qui lui donna un air un peu enfantin : du coup je constatai a posteriori qu'il n'était pas non plus si «jeune», ce qui aurait pu justifier le «petit» de Laure. Mais non, il avait dépassé la trentaine et je me demandai pendant un instant si ce détail n'allait pas tout remettre en cause. Il choisit ce moment pour lancer, avec sa belle voix chaude :

– Oui, je sais que je suis un peu trop âgé pour le rôle, mais on me dit souvent que je fais plus jeune.

Je me mis dès cet instant à croire en la télépathie, et l'avenir démontra très vite que j'avais raison. Dans l'immédiat, je posai légèrement ma main sur sa manche (il portait un pull marin à rayures, ringard, mais attendrissant, qui m'évoqua un personnage des *Chansons d'amour*[2] que j'avais adoré) et, un peu déçue de ne pas ressentir un courant électrique ou une quelconque étincelle, je le rassurai.

– Non, pas de problème, vous êtes parfait. Pour le rôle, bien sûr, je veux dire… (Pour quoi d'autre ?)

Puis nous rejoignîmes les autres sur le plateau. Laure et la comédienne semblaient tendues, et un léger froid plana quand nous fûmes tous les quatre réunis. Après des échanges de politesse un peu nerveux et conventionnels, Laure me suggéra de m'installer au premier rang et les deux acteurs se mirent en place pour leur scène. Pendant qu'ils se préparaient, texte en main, Laure s'approcha de la rampe et m'adressa un mouvement du menton interrogateur, que j'interprétai, à juste titre, comme la question qu'elle brûlait de me poser : « Tu en penses quoi du beau petit blond ? » Je haussai les épaules, histoire de la laisser mariner plus longtemps, mais mon sourire l'éclaira en partie sur la nature de ma réponse. Elle retourna auprès des comédiens, et leur fit signe qu'ils pouvaient commencer.

Adrien Sifantus venait d'avoir trente-sept ans. Il avait effectivement dépassé largement l'âge du rôle… Cependant, il se dégageait de sa personne une impression diffuse et assez inexplicable de jeunesse, d'innocence, de fraîcheur, bien que ses traits et sa stature démentent assez vite cette première appréciation. Rien dans son parcours personnel ne justifiait en effet cette caractéristique, cette allure d'enfance, bien au contraire : sa vie n'avait pas été un long fleuve tranquille, il avait cumulé les expériences malheureuses, sinon dramatiques, et son jeu profitait largement

---

2. Film de Christophe Honoré.

de ce vécu hétéroclite, qu'il avait su transformer en un professionnalisme réfléchi, mais sans artifices.

Je pris immédiatement la mesure de ses compétences, et tombai assez vite sous le charme de ce nouveau Félix aux allures juvéniles : malgré ça, la répétition fit naître en moi un malaise qui, pour impalpable qu'il fût, n'en gâchât pas moins mon enthousiasme originel. J'essayai de comprendre ce qui générait ce trouble, alors que tout contribuait à réunir enfin les solutions propices au montage de ma pièce. Charlotte2 remplissait très honorablement son contrat (elle ne me ressemblait pas du tout, mais sa personnalité séduisante et assez marginale me convenait tout à fait) et Adrien savait trouver le ton juste pour que leur couple de théâtre fût vraisemblable, bien que sur le fil du rasoir, toujours en déséquilibre et à la limite de la chute : exactement ce que j'avais souhaité en écrivant la pièce, elle-même assez proche de ce que j'avais vécu avec Félix, en tout cas de ce que j'aurais aimé vivre avec lui.

Les répétitions se succédaient et je n'avais rien à lui reprocher, pas plus à lui qu'aux autres d'ailleurs. Tous respectaient scrupuleusement mes consignes, et Adrien allait jusqu'à proposer ses propres idées : un geste plus tendre envers sa partenaire, un déplacement plus appuyé, un ton de voix moins amer. Je les acceptais la plupart du temps, car il avait un sens du dialogue et une intuition de jeu assez exceptionnels, il apportait plus que sa simple enveloppe corporelle, il entrait véritablement dans la tête du personnage, et que ce personnage eût les dimensions et le contenu du vrai Félix, de cet être très cher qui occupait cette place si spéciale dans mon cœur, donnait forcément à Adrien une importance particulière qui le mettait à part et l'entourait d'une aura spéciale, que n'importe qui pouvait capter rien qu'en s'approchant de la scène.

À ce propos, Daniel finit par m'attirer à l'écart à l'issue d'une des répétitions.

– Clarisse, tu te rends compte de ce que tu fais ?

– À quel sujet ? demandai-je un peu sur la défensive, car son ton de voix m'avait paru d'une agressivité de mauvais augure.

– Au sujet d'Adrien, évidemment ! rétorqua-t-il avec une amertume qui me rappela aussitôt qu'il ne s'était pas tout à fait consolé encore de mes refus répétés à ses avances.

Daniel n'était pas amoureux de moi, cela j'en étais sûre, mais il aurait sans doute bien aimé avoir une liaison, ou une aventure, ou toute autre relation provisoire et sexuelle avec moi, chose qui ne m'intéressait absolument pas : j'étais incapable, malgré mon âge mûr et mon expérience de la vie, de coucher avec un homme dont je n'étais pas du tout amoureuse. Je n'étais pas du tout amoureuse de Daniel, et, de plus, il ne m'attirait pas du tout physiquement.

– Quoi, Adrien ? Je fais quoi avec Adrien ?

– Tu lui octroies un régime de faveur…

– Tu lui octroies un régime de faveur, répétai-je en grimaçant pour imiter le ton docte qu'il avait eu, mais de quoi tu parles ? Tu es jaloux, c'est ça ?

C'était un coup bas, et facile qui plus est, mais il m'avait énervée.

– Tu sais très bien qu'il ne s'agit pas de ça, je n'ai rien à voir là-dedans, mais tu ne dois pas faire de favoritisme avec les comédiens, tu dois les traiter tous pareils, et là ce n'est pas le cas.

– Ah bon ? Et qu'est-ce qui te fait dire ça ? Quelqu'un s'est plaint ?

Je ne voyais pas bien qui aurait pu se plaindre, ni à qui : Laure avait bien plus de pouvoir que moi dans la troupe et elle n'hésitait jamais à me rembarrer si elle le jugeait nécessaire, Daniel ne se gênait pas pour regimber (la preuve !), Charlotte2 se montrait d'une docilité sans faille, et il était tout à fait incohérent de supposer qu'Adrien regrettât que la mariée fût trop belle. Je ne pensais donc pas me tromper beaucoup en croyant que la démarche de Daniel avait pour cause une blessure d'amour-propre teintée d'une pointe de jalousie machiste. J'enfonçai donc le clou :

– Qui s'est plaint, hein ? Dis-le-moi !

– Personne. Mais je préfère te prévenir : tu frises le ridicule.

Une bouffée de colère me monta aux joues, et je criais presque pour dire :

– Mais de quoi tu parles à la fin ? Je ne comprends rien à tes allusions ! Si tu as quelque chose à me reprocher, fais-le, mais clairement, bon sang !

Je ne m'attendais pas à la réponse qu'il me servit, à voix presque basse, mais avec une cruauté que je n'aurais pas crue possible venant de lui. Je tendis l'oreille pour bien en saisir tous les mots, et je me retins pour ne pas pleurer quand il eut fini.

– On dirait que tu t'offres un *remake* grandeur nature de ta pièce, Clarisse : tu fais un transfert de Félix sur Adrien, et le pauvre garçon ne sait pas comment faire pour sortir de tes filets sans déchirer des mailles. Il essaie désespérément de se faufiler pour s'en sortir, et toi tu ne vois rien, tu l'accules un peu plus, tu le traques… C'est pathétique !

Sur ce, il me tourna le dos et remonta sur la scène. Charlotte2 et Adrien venaient de terminer un échange que je leur avais demandé de retravailler, et ils guettaient tous les deux ma réaction, pendant que Laure prenait des notes sur son carnet Rhodia qui ne la quittait jamais, on aurait dit que c'était elle l'écrivain et non pas moi. Je respirais un grand coup avant de lancer :

– Pas mal ! On fait la suivante…

Et puis, prise d'une impulsion subite, mais aussi animée d'une volonté de vengeance qui soulevait en moi des vagues d'audace téméraire, j'ajoutai :

– Adrien ? Il faut que je te parle.

Avec le recul, et à de nombreuses reprises, je me dis souvent aujourd'hui que tout s'était joué là, avec cette espèce de convocation brutale et impulsive, dans ce défi que je m'étais lancé à moi-même pour ne pas perdre la face, pour effacer le « c'est pathétique » de Daniel, pour donner une vraie chance à Adrien de s'échapper des filets (mais quels filets ?), pour essayer de faire la part des choses entre la vraie vie et la fiction. Félix m'avait fait renouer avec la vie à un moment où je m'en éloignais jour après jour, et bien que rien ne se fût déroulé comme je l'imaginais et le désirais alors, il avait procédé malgré lui à un véritable sauvetage. Adrien, à son tour, s'apprêtait à me tendre la main, mais je ne le savais pas encore, à moins que déjà le fameux pouvoir télépathique n'eût fait son œuvre et que cet ordre péremptoire ne cachât un but secret, dont j'étais moi-même inconsciente.

Je me dirigeai vers le petit bureau, sans jeter un seul regard à quiconque, sans même vérifier qu'Adrien avait entendu ni qu'il me suivait. Avec une rage tout intérieure, je m'adossai au bureau, à demi assise sur les feuillets épars qui en recouvraient la plus grande partie, et je regardai mes pieds quelques secondes, en prenant une profonde inspiration pour me calmer.

C'est dans cette position et dans cet état d'esprit que je me retrouvais soudain collée contre le corps dense et odorant d'un homme que je ne reconnus pas aussitôt, tant je fus suffoquée, au propre et au figuré, par la sensation brutale de ce contact intime, la laine du pull qui me gratouillait la joue, les bras qui m'enserraient à m'étouffer, les cuisses dures qui semblaient englober mes hanches, à tel point que je perdis toute notion de l'espace, je ne voyais plus rien et je ressentais des impressions tactiles inédites, mon corps ne savait plus où il évoluait ni dans quel sens il se trouvait. Je faillis le repousser pour me dégager avant de manquer d'air, mais Adrien dut percevoir que j'étais au bord de l'asphyxie, car il relâcha son étreinte. Encore aujourd'hui, je le remercie d'avoir usé de mesure et de délicatesse pour faire ce geste : il s'éloigna assez pour que je respire à nouveau et me trouve dans une position plus confortable, mais pas suffisamment pour que nous nous fissions face et qu'il vît mon visage congestionné et mes cheveux en bataille.

Désemparée est un mot faible pour décrire l'état dans lequel cette expérience surprenante m'avait mise. Je profitais donc de ce léger écart pour rassembler mes esprits, mes idées, et chercher quoi dire, tout en essayant de comprendre ce que tout cela pouvait bien signifier, pour lui dans un premier temps, puis pour moi. Avais-je là la démonstration brillante et indiscutable de ce que Daniel avait suggéré avec son « traitement de faveur » ? Bien que visiblement, le traitement de faveur, c'était moi qui en était le récipiendaire dans le cas présent. J'aurais pu également interpréter cet élan comme un manque d'affection maternelle de la part d'Adrien, mais la suite, qui se déroula avant que je ne pusse aller plus avant dans mes questionnements, me prouva assez clairement le contraire. Au moment où je levai la tête pour prononcer un mot (je ne sais plus très bien lequel) il baissa la sienne et ouvrit la bouche, mais il ne dit rien, il m'embrassa, avec la même fougue qu'il avait mise quelques minutes plus tôt pour m'enfermer dans ses bras. J'allais donc avec cet homme de surprise en surprise. Je ne pus d'abord que m'attarder sur l'étrangeté de sa langue dans ma bouche, avant de goûter vraiment à la sensualité de ce baiser et de sentir dans mon corps les ondes qui se propageaient, de petites étincelles de plaisir, des vagues et des tourbillons, toute une armada d'émotions physiques qui ne m'avaient pas traversée depuis un certain temps, et que je recevais sans doute avec une gaucherie d'adolescente. Peu à peu, je finis par me détendre, sinon m'abandonner totalement à cette fusion corporelle, mais Adrien soufflait le chaud et le froid en alternance et il se détacha brusquement de moi, puis se mit à parler.

– Je suis désolé, je comprendrais que tu m'en veuilles – je saisissais mal les mots, mais je notai toutefois le tutoiement, car il avait eu du mal ces derniers jours à l'utiliser, malgré mes demandes insistantes – et si tu décides de me virer de la troupe, je comprendrais aussi.

– Te virer de la troupe ?

Peu à peu, je me sentais atterrir à nouveau dans ce monde, très péniblement, et j'avais encore du mal à percevoir le lien entre ses propos et ce qui venait de se passer.

– Mais pourquoi est-ce que je te virerais ?

– C'est interdit ce qu'on fait là, non ?

– Interdit ? Ce qu'on a fait ?

Oui, répéter systématiquement les questions de son interlocuteur fait indéniablement gagner du temps, même si ce n'est pas le meilleur moyen de montrer sa vivacité d'esprit et sa capacité d'analyse. Adrien heureusement se trouvait dans l'état où les comportements de l'autre ne peuvent être que séduisants, drôles, intéressants, en tout cas jamais stupides ou lamentables.

– Je veux dire que c'est une sorte de traitement de faveur, non ?

– Décidément !

– Quoi ?

Il perdit soudain dix ans en prononçant ce mot, comme cela pouvait lui arriver quand il articulait certaines phrases sur scène, qui lui donnait une expression enfantine et fragile, et je reçus en même temps que cette sonorité un coup au ventre, la brusque conscience que ces gestes brûlants étaient à nouveau une erreur, que je devais faire marche arrière tout de suite, sortir de cette pièce, le planter là et reprendre le cours des choses au point où elles en étaient juste dix minutes auparavant. Une fois encore, il lut dans mes pensées.

– Ne me regarde pas comme ça, dit-il, c'est trop tard.

– Je te regarde comment ? Et puis, c'est trop tard pour quoi ?

– Un : tu me regardes comme si tu partais, comme une petite fille qui s'éloigne de la vitrine du pâtissier sans avoir acheté son gâteau favori. Deux : c'est trop tard pour renoncer, parce que moi, je l'ai aimé, ce baiser, et je ne te laisserai pas partir.

Cette fois-ci, je ne dégotai aucune question à formuler. Je trouvai pourtant une parade provisoire : j'ouvris la porte du bureau et je criai à la cantonade

– Tout le monde sur scène, on reprend !

# 6
## OÙ L'ASSERVISSEMENT DU TRAVAIL FINIT PAR LIBÉRER

Émilien fixa sa première étape aux abords de la ville la plus proche, Bourges. Il n'y avait encore jamais mis les pieds, mais en avait entendu parler souvent par le maître d'école, qui s'y rendait au moins une fois par an pour accompagner les élèves qui passaient le certificat d'études au lycée de la ville. Cité militaire et franc-maçonne, Bourges était alors desservie par trois lignes de tramway. Émilien serait émerveillé, le lendemain, quand il apercevrait les wagons bruns accrochés à leur ligne électrique, machines futuristes qui nourriraient son imagination avide pendant de nombreuses nuits. Pour l'heure, il s'arrêta au crépuscule sur les bords du canal du Berry, non loin des forges de la ville et de ses hauts fourneaux.

La lecture du *Tour de France de deux enfants* et celle des *Aventures de Huckleberry Finn* lui avaient servi en quelque sorte de préparation pour cette entreprise : à moins que ce ne fût leur lecture qui eût planté au fond de lui le germe de ce voyage. Quoi qu'il en soit, Émilien rassembla ce soir-là les souvenirs de ces lectures qui se rapportaient à une situation bien précise : que faire quand on a faim et qu'il ne reste au fond de sa poche qu'un quignon de pain, quand le temps est humide et qu'aucun abri ne se présente aux alentours ? Quelle astuce trouver pour se réchauffer ? Maintenant qu'il en avait besoin, il ne parvenait pas à se souvenir des solutions mises en œuvre par ses compagnons de papier. Il finit par se résoudre à se coucher le ventre vide, roulé en boule sous un appentis où étaient entassées des caisses, qui l'entouraient comme des remparts, faisant écran au froid, et à l'humidité qui montait du canal. Malgré la fatigue, le sommeil fut long à venir et la raison n'en était pas seulement la faim qui le tenaillait : s'il avait quitté la ferme sans guère d'organisation, la précarité de sa position présente l'amenait à des réflexions urgentes sur son emploi du temps des prochains jours. À toutes ces questions se mêlaient l'appréhension de ce nouvel environnement : pour lui, qui ne connaissait de la réalité que les champs et les animaux domestiques, l'ombre des cheminées, les bateaux amarrés aux berges du canal, les bruissements de la ville, tout cela semblait lourd d'agitation permanente et de menaces potentielles. Il s'endormit sur une idée qui lui parut à la fois évidente et téméraire : celle de se faire embaucher dès le lendemain à la forge toute proche.

En 1913, le travail des enfants ne choquait personne. Mieux, il était une nécessité à la survie de bien des familles, les plus pauvres en particulier. Émilien y avait été confronté depuis son plus jeune âge, et personne de son entourage n'aurait eu l'idée saugrenue de s'en étonner, encore moins de s'en plaindre. Dans les fermes, les enfants participaient à toutes les tâches quotidiennes, et quand leur main-d'œuvre ne suffisait pas, et que les fermiers en avaient les moyens, on louait à l'extérieur des valets, souvent des gamins, selon les besoins et les saisons. Émilien avait connu l'un et l'autre. Bien pire, sans doute, était la condition des fils et filles de mineurs qui, dans le nord de la France, vivaient comme des rats au fond des puits pour pousser les wagonnets dans les galeries, ou celle des tout jeunes employés des usines textiles, qui rattachaient les fils brisés sous les métiers à tisser en pleine action ou nettoyaient les bobines encrassées. La législation s'intéressait à eux depuis peu, mais il faudrait attendre 1926 pour qu'un texte interdise clairement l'affectation des enfants à ces travaux dangereux ou insalubres.

Envisager de trouver un travail sur le site des forges ou des hauts fourneaux semblait donc au jeune garçon tout à fait plausible : Émilien venait d'atteindre l'âge de quatorze ans, et si les patrons cherchaient des employés, il avait toutes ses chances. Il sombra dans un sommeil profond alors qu'il était occupé à choisir mentalement les mots qu'il lui faudrait dire pour convaincre son futur employeur, et il rêva bientôt qu'il dévorait un poulet entier dont le fumet lui parut plus réel que l'arôme âcre qui montait du canal.

Son vœu se réalisa au-delà de toutes ses espérances. Il fut une véritable aubaine pour l'usine de fonderie qui cherchait des individus au gabarit assez réduit pour pouvoir entrer tout entier dans les cuves qu'elle fabriquait, et y maintenir de toutes leurs forces un contrepoids, pendant que de l'autre côté un ouvrier enfonçait le rivet à l'aide d'une masse, dans un vacarme assourdissant qui se répercutait dans le crâne et le corps tout entier du malheureux enfermé au fond cette énorme caisse de résonnance. Dès qu'un rivet était fixé, Émilien passait au suivant, et c'est à moitié sourd qu'il terminait sa journée.

Il travailla à la chaudronnerie pendant plusieurs mois, ce qui lui offrait l'avantage d'être logé sur place, puisque la cour de l'usine abritait des habitations pour les ouvriers et employés, dont le prix de location était directement prélevé sur leur salaire. Émilien partagea son modeste logis d'abord avec un vieil homme qui parlait un patois sibyllin, et dont l'humeur ne devenait supportable qu'après l'absorption d'un certain volume de vin rouge, atroce piquette dont le jeune garçon ne connut jamais la provenance. Puis le vieillard mourut, assommé sur son lieu de travail par une poutre mal fixée, et on le remplaça par un gaillard dans la force de l'âge, qui servit à son tour de colocataire à Émilien, c'est-à-dire qu'ils dormaient sur des paillasses contiguës après leur journée de douze heures et qu'ils utilisaient le même bout de jardin pour y cultiver leurs salades et leurs pommes de terre.

La paie que touchait Émilien ne lui permettait pas de mettre beaucoup d'argent de côté, mais pour la première fois, il disposait cependant d'un pécule qui lui appartenait en propre, et ce privilège ne cessait de le surprendre, malgré la pénibilité de sa tâche et l'épuisement qui le saisissait dès qu'il franchissait le seuil de sa pauvre maison. Il avait pris la précaution de cacher soigneusement les pièces qu'il parvenait à économiser : serrées dans un mouchoir, elles étaient enterrées au fond du potager, près des marais, contre le mur des lieux d'aisance, ce qui lui donnait un bon prétexte pour se rendre régulièrement sur place sans éveiller de soupçons. Il lui suffisait, quand il devait ajouter un ou deux francs à son trésor, de prétendre aller ramasser quelques pommes de terre, ou bien de ressentir une envie pressante à soulager dans la cabane.

Un peu après Noël, Émilien commença à préparer son départ. Le rivetage des cuves l'avait rendu prudent quant à d'autres emplois possibles, et, bien qu'il ne regretta pas d'avoir fait ce choix afin d'épargner quelques sous, il avait hâte de continuer sa route et de trouver une occupation moins sédentaire et plus paisible. Même au plus profond de son sommeil, il entendait retentir contre les parois de son crâne les coups de masse sur le métal, et les vibrations persistaient dans ses os bien après qu'il se fut allongé sur sa paillasse. Il demeura donc aux aguets pendant plusieurs semaines, attentif aux propos de ceux qui passaient, des mariniers qui déchargeaient le fret des péniches, des livreurs de lait, des quincaillers en gros qui venaient passer commande, quêtant une occasion de suivre les uns ou les autres.

L'hiver fut particulièrement rigoureux cette année-là, et l'on vit même la côte méditerranéenne sous la neige. À Bourges, les marais gelèrent, et Émilien recula son départ : il avait d'abord imaginé s'embarquer à bord d'une des péniches qui apportaient le charbon fournissant l'usine, puis repartaient avec un chargement de tuyaux d'alimentation, mais, renseignements pris, leur destination ne lui convenait pas, elle était bien trop proche à son goût. L'expérience des forges venait de lui démontrer qu'il pouvait se débrouiller seul et subvenir à ses besoins : il ne rêvait plus que de s'éloigner, de découvrir de nouveaux horizons, d'apprendre, d'emmagasiner des savoir-faire, de vivre des moments inédits.

Le chemin de fer passait à Bourges et filait vers Paris : il aurait eu sans doute recours au train si le destin, le hasard, ou toute autre puissance divine n'en avait décidé autrement. Mais il se trouva que, en ce mois de mars 1914 (Émilien avait alors quinze ans depuis peu), le cirque Pinder entama ce qui devait être sa dernière tournée avant la guerre. Installé depuis quelques années dans les environs de Montauban, le cirque connaissait un succès fabuleux dans la France entière, où ses créateurs avaient fini par s'installer malgré leurs origines anglaises. La Grande Guerre allait bientôt priver le public des chars richement décorés pendant le défilé et des spectacles grandioses où les éléphants suscitaient en particulier des ovations inégalables : elle pourrait cependant s'enorgueillir d'un fait mémorable, celui de transformer un de ces mastodontes en animal de trait, puisque les habitants du Tarn-et-Garonne pourraient assister avec stupéfaction à ce numéro aussi inédit qu'utilitaire d'un éléphant attelé à une charrue pour labourer un champ.

Mais, quelques mois avant cette anecdote, le chapiteau fut dressé non loin du canal du Berry, et une cavalcade impression-nante s'évertua toute une journée à vanter le spectacle du soir, à grand renfort de costumes pailletés et de musique tonitruante, et avec, comme personnage vedette, une acrobate dodue en jus-taucorps écarlate juchée entre les deux oreilles du fameux élé-phant, pas encore laboureur. Bien que le prix de l'entrée l'obligeât à rogner un peu sur ses économies si chèrement acquises, Émilien n'hésita pas un instant : le cirque l'attirait comme un aimant, les sons, les couleurs, les odeurs fauves, les parades étourdissantes, les clowns bondissants, les magiciens, les écuyères élégantes. En écar-quillant les yeux devant ces merveilles, il se rappelait un poème que le maître leur avait dicté un samedi, et qu'ils avaient ensuite dû apprendre par cœur, *Les baladins*. « Ils » avaient alimenté ses rêveries de longs soirs d'affilée. Il les voyait devant lui mainte-nant, ces « tambours et ces cerceaux dorés », et il lui suffirait de quelques pièces pour assister à la représentation, ce qu'en lisant les mots d'Apollinaire il n'avait jamais cru imaginable.

Bien évidemment, la revue du soir se montra à la hauteur de ce qu'il avait espéré, et bien plus encore. Personne alors n'était blasé par des images bombardées au moyen de différentes technologies audiovisuelles, adultes et enfants demeuraient vierges de tout divertissement et ne demandaient qu'à être subjugués par les numéros des artistes, par l'exotisme des animaux, par les roulements de tambour, et par les discours de Monsieur Loyal chapeauté comme il se doit d'un haut-de-forme noir luisant. Émilien s'esclaffa, comme tout le monde, devant les cabrioles et les facéties des clowns, il trembla quand les trapézistes s'élancèrent à cinq mètres du sol au-dessus de la piste, il fut ébloui par la belle jeune fille qui s'allongea sous l'éléphant, il caracola en pensée sur le dos des chevaux blancs tournant autour de l'arène…

Aussi, lorsque, à l'aube, le charivari provoqué par le démontage du chapiteau le tira de son sommeil, il bondit de son lit et traîna sur le chantier, donna un coup de main par-ci et par-là, échangea deux ou trois mots avec ceux qui avaient l'humeur bavarde, caressa la trompe de l'éléphant qui, débarrassé de son harnachement des Mille et une nuits, paraissait encore plus énorme, mais toujours aussi placide, et finit par engager la conversation avec un jeune type un peu plus âgé que lui, qui nettoyait la cage des singes. Il apprit ainsi que ce dernier allait bientôt épouser sa promise et que celle-ci refusait de le suivre sur les routes, au rythme quotidien des spectacles, dans l'inconfort d'une roulotte tirée par des chevaux, et qu'il allait devoir abandonner son travail et la cage aux singes : il reprendrait le café-épicerie de ses parents qui se faisaient vieux et s'établirait avec sa belle dans son village natal, non loin de Toulouse. Cela lui crevait le cœur de devoir quitter ses compagnons, animaux et humains, mais c'était le prix à payer pour se marier avec la Margot, et il le payait volontiers, disait-il.

– Mais tu partirais quand ? demanda Émilien, prêt à profiter de l'aubaine.

– Pourquoi, tu veux ma place ?

Le jeune homme lui aussi semblait abasourdi de rencontrer si opportunément un éventuel remplaçant.

– Oui, ça m'intéresse. Il faudrait commencer quand ?

– Quand tu veux. Moi, plus vite je serai chez moi, mieux ce sera.

Émilien s'informa sur la suite du parcours du cirque Pinder. Prévenir son patron à la chaudronnerie, encaisser sa paye, rassembler ses maigres biens dans un baluchon, déterrer son trésor au fond du jardin, faire ses adieux à son compagnon de chambrée, tout cela ne lui prit que vingt-quatre heures, et dès l'aube suivante, il se mit en route pour rejoindre les carrioles qui n'avaient que quelques heures d'avance sur lui. Le temps était clément, un doux soleil printanier le réchauffa dès dix heures du matin, et, bien qu'il eût perdu l'habitude de la marche au cours de ses longs mois de labeur dans les cuves métalliques, il apprécia tant cet exercice physique en plein air qu'il rattrapa la troupe avant la tombée de la nuit, alors que les roulottes installaient le campement aux abords de la prochaine ville étape : Sancerre.

# 7

## L'AMOUR, LA MORT, ET LES CHEVEUX ROUX

Adrien Sifantus avait perdu sa mère à l'âge de sept ans. On pouvait affirmer, sans se tromper beaucoup, que cet événement avait conditionné en grande partie sa vie future, en tout cas certains aspects importants de cette vie. Sa relation avec les femmes, penseront certains, devait sans doute être le premier de ces aspects. D'autant que, entre son père et ses deux frères aînés, il avait passé le reste de son enfance et de son adolescence exclusivement entouré d'hommes, dans une atmosphère dénuée de toute féminité, et où la tendresse ne se manifestait qu'au travers de gestes bourrus, d'accolades fraternelles, et de paroles minimalistes.

Pour autant, les femmes attiraient Adrien, et Adrien agissait également sur elles comme un aimant. Au cimetière, le jour de l'enterrement de sa mère, auquel son père avait cru bon de l'emmener pour (ses mots avaient été exactement ceux-là) «faciliter le travail de deuil», le petit garçon avait été cajolé de bras en bras, caressé par des dizaines de mains féminines, on lui avait essuyé doucement les joues, on avait enfoncé les doigts dans ses boucles dorées, serré ses mains encore potelées, embrassé ses joues satinées ; toute la compassion du monde, du monde féminin en tout cas, avait paru se concentrer sur cet enfant en larmes qui venait de voir engloutir sa mère au fond d'un trou parallélépipédique et glauque.

Son histoire avec les femmes avait donc commencé entre des tombes, par un clair matin d'hiver. Avait-il associé dans son inconscient enfantin la mort et l'affection ? L'image de sa mère serait-elle éternellement liée à cette pléthore de femmes qui l'avaient alors étreint, bercé, choyé, mouché, recoiffé, pressé, entouré ? Les cimetières ne lui sembleraient en tout cas jamais hostiles, il y trouverait au contraire à l'avenir, et à de nombreuses reprises, un certain réconfort, une paix bienvenue, une sérénité incomparable. Y aurait lieu d'ailleurs sa première expérience sexuelle, à une époque où ses copains testaient plus fréquemment, et sans doute avec plus d'inconfort, les banquettes arrière des voitures, les portes cochères, les parkings souterrains ou, pour les plus chanceux, une barque retournée sur une plage. Lui avait préféré sans hésiter les allées discrètes et peu fréquentées du cimetière, leur ombre tiède, et leur cocon aux reflets verts, parfumé par les arômes des plantations de magnolia et de rhododendrons.

Le jour de l'enterrement, bien loin encore de cette première étreinte érotique, il était resté longtemps en contemplation devant la pierre gravée que les pompes funèbres avaient préparée pour la sépulture de sa mère, et qui ne serait posée que plus tard, après la cérémonie : « Anne SIFANTUS née JOUBERT, 1945 – 1980 ». Il avait ânonné à voix basse et à plusieurs reprises les mots et les chiffres, avec les hésitations propres à sa récente acquisition de la lecture et une application qui l'avait détourné un moment des affres de son chagrin. Il ne pouvait ni imaginer ni admettre que ce serait désormais les seules traces tangibles de sa mère, les seules qui lui demeureraient accessibles. Plus loin, une couronne mortuaire aux couleurs pastel était déposée, en avant de toutes les autres, et portait une banderole crème avec l'inscription rouge sombre, « À ma femme, à notre mère ». Adrien déchiffra aussi ces mots-là, indifférent au défilé de condoléances auquel se pliaient son père et ses frères, serrant des mains et recevant des empoignades empreintes de pitié. Pris à son propre jeu, il continua de lire : « à notre tante bien-aimée, à notre fille chérie, à notre nièce, à ma sœur, à notre collègue qui sera toujours dans nos cœurs, à notre petite-fille adorée… » Il fut le premier surpris par ses propres sanglots, et tout autant par les bras qui le soulevèrent et l'emportèrent aussitôt à quelques mètres de la tombe : la femme, ou plutôt la jeune fille, qui l'avait ainsi arraché à sa contemplation morbide le couvrait maintenant de baisers, et il était enivré par son parfum, une odeur rousse et musquée, avec un fond de fruits rouges, et une note de caramel. Il enfouit son visage dans son cou, et crut défaillir. Les émotions se bousculaient, et pourtant, à cet instant précis, ce fut la béatitude qui domina. Dans les bras de cette jeune fille (qui au demeurant était sa cousine, la fille de son oncle, et dont les seize ans revêtaient une sensualité fraîche encore teintée d'enfance), il se sentit protégé, comme il l'avait été avec sa mère encore très récemment, mais aussi, et ça, c'était nouveau et troublant, il éprouvait une sorte d'exaltation qui l'électrisait. Son chagrin couvait sous le feu de ce sentiment ardent, mais celui-là ne dominait plus, il reposait, comme une bête tranquillement endormie, il était presque confortable.

Sa cousine garda Adrien contre elle une bonne partie de l'après-midi, et il se laissa mener comme un tout-petit ; il se blottit contre elle aussi souvent qu'elle l'y encourageait, paraissant trouver elle aussi dans ces câlins une compensation à des manques secrets, mais bien réels. Lise, puisque c'était son prénom, devint en une journée aux yeux d'Adrien le symbole de deux concepts qui cohabiteraient pour toujours dans son esprit : la mort et l'amour. Sa chevelure rousse ajouterait une aura de mystère au personnage ambivalent qu'elle incarnerait, et le petit garçon y verrait une preuve de sa personnalité de sorcière, gentille et sensuelle sorcière, mais sorcière tout de même. Pendant plusieurs mois, après l'enterrement, il se réveillerait au milieu de la nuit en hurlant : « Lise ! Je veux Lise ! », et son père ne comprendrait jamais pourquoi le glissement s'était si rapidement opéré de sa mère défunte vers cette cousine qui, pour proche qu'elle fût, n'avait jamais auparavant inspiré une affection particulière à son plus jeune fils.

Puis Adrien grandit, Lise aussi, et elle s'éloigna, sinon affectivement, du moins géographiquement, de son cousin chéri : elle s'installa peu de temps après son bac en Australie, tout d'abord pour apprendre l'anglais et passer un diplôme international, puis elle y rencontra un jeune Italien dont elle tomba amoureuse, et ils se lancèrent ensemble dans le montage aventureux d'une petite société informatique où ils essayèrent de réunir leurs compétences pour proposer un certain nombre de services aux immigrants français, qui arrivaient toujours plus nombreux au pays des aborigènes. Adrien continua plus ou moins à communiquer avec Lise, ils échangèrent quelques lettres, mais le charme était rompu, et sa cousine lui sembla alors inaccessible et lointaine, comme les personnages des rêves que l'on essaie de retenir au matin, en fermant bien fort les paupières pour retrouver le sommeil, et qui malgré tout se font de plus en plus flous, de moins en moins perceptibles, se dissolvant peu à peu dans la trivialité du jour.

Il persista cependant à flâner dans les cimetières. Car aussi étrange que cela pût sembler, il s'agissait bien de flâneries. Au commencement, le but de ses promenades était bien entendu la tombe de sa mère : il ne croyait en aucun dieu, mais se recueillir devant les mots « Anne SIFANTUS née JOUBERT » conservait le pouvoir de l'apaiser, de retrouver aussi une parcelle de cet ancien paradis où les bras tendres de sa cousine l'avaient fait pénétrer.

Dans la ville où il vivait (une ville de banlieue un peu chic en bordure de Seine, avec un parc, des écuries, des maisons bourgeoises, mais aussi une gare et un quartier plus populaire), le cimetière avait le privilège de ne pas se réduire à un simple alignement de tombes grises, sorte de H.L.M. pour défunts, mais de composer plutôt un jardin avec des bancs, des arbres centenaires, des massifs fleuris, bref un endroit aéré et presque joli. Il parlait à sa mère. Au début, il s'était satisfait d'un « Salut m'man ! », rituel, quand il arrivait devant la pierre et qu'il y déposait, parfois, un bouquet acheté chez le fleuriste du centre-ville, ou plus souvent, une rose cueillie à travers une clôture. Et puis il s'était mis à lui dire aussi au revoir, en ajoutant de temps à autre une précision : « je viendrai sûrement demain en sortant de chez le dentiste » ou bien « ça sera pas possible avant jeudi, car j'ai plein de boulot pour l'école ». Peu à peu, entre son arrivée et son départ, les discours s'étaient allongés, étoffés, ils avaient pris de l'ampleur et de la profondeur : il lui racontait ses dernières aventures avec son meilleur ami Julien à la sortie des classes, quand ils avaient été poursuivis par le chien du directeur qui les avait surpris à cueillir les cerises de son jardin ;

il lui exposait ses projets pour les prochaines vacances, pour lesquelles il tentait de convaincre son père de partir «en colo» avec Julien ; et il se mit bientôt à lui réciter des poèmes (il adorait apprendre ceux enseignés à l'école, il en cherchait d'autres dans les livres, et il les recopiait et les collait sur un petit carnet qu'il trimballait toujours dans sa poche), puis un peu plus tard, quand il découvrit le théâtre au cours de ses années de collège, il déclama ses textes devant la tombe. Feue sa mère eut donc droit à des passages de l'*Antigone* d'Anouilh (il jouait Antigone bien que ce ne fut pas un rôle masculin, parce qu'il trouvait que son personnage était le plus valeureux de tous, et aussi le plus émouvant), à d'autres extraits de *La guerre de Troie n'aura pas lieu*, de Giraudoux, à des scènes entières des *Mains sales*, de Sartre, où il endossait le rôle d'Hugo avec passion et sans bien comprendre tous les tenants et les aboutissants d'une situation dont le contexte politique lui échappait ; puis il s'essaya à quelques classiques, comme le célèbre monologue d'*Hamlet*, qui lui semblait prendre un relief tout particulier dans un décor aussi morbide (il parvint même à s'arracher de vraies larmes sur les vers «Car quels rêves peut-il nous venir dans ce sommeil de la mort / Quand nous sommes débarrassés de l'étreinte de cette vie ?»). Racine eut aussi ses faveurs quand il découvrit *Britannicus*, et la lutte fratricide qui donne son sel à la pièce. Mais la révélation de ce qui devait devenir sa passion, sa raison de vivre, sa façon de transcender son quotidien et de faire de la mort une source d'énergie, fut la découverte d'une pièce bien particulière : il la lut d'ailleurs pour la première fois de bout en bout dans les allées du cimetière, à l'ombre du gros magnolia qui ombrageait en partie la stèle d'Anne Sifantus née Joubert, sa main gauche jouant avec les graviers gris pendant que la droite tournait les pages. Certains extraits furent prononcés à voix haute, juste un peu plus fort qu'un simple murmure, mais pas encore déclamés comme ils le seraient plus tard.

« Insensés que nous sommes ! nous nous aimons. Quel songe avons-nous fait, Camille ? Quelles vaines paroles, quelles misérables folies ont passé comme un vent funeste entre nous deux ? »

Les tirades de Perdican, dans *On ne badine pas avec l'amour*, le transportaient. Il se percevait comme hors de son propre corps, traversant la réalité tangible pour donner vie au personnage de Musset, et les mots qu'il prononçait sortaient véritablement de sa propre bouche, de son propre esprit, et il en sentait chaque émotion à fleur d'épiderme, hérissant les poils de ses bras et faisant frissonner la chair de son cou. Toute l'histoire lui paraissait d'une étrange et criante modernité. Il courut voir une représentation de la pièce dès qu'il le put, et n'eut ensuite qu'un désir : la jouer, jouer le rôle de Perdican.

Ce fut à peu près à la même époque qu'il rencontra Camille. Il s'émerveilla tout d'abord de la concordance du prénom de la jeune fille avec celui de l'héroïne de Musset, avant d'y voir bien évidemment le signe d'un hasard qu'il se refusait pourtant à nommer destin. En outre, elle arborait une chevelure rousse qui acheva de le séduire, si n'y avaient pas suffi son sourire espiègle et ses gestes de nymphe moderne. Il tomba amoureux : tomber ici mérite bien son emploi. On peut même dire qu'il plongea dans cet amour, la tête la première, ce fut une chute délicieuse et vertigineuse, un abandon complet aux lois de la gravité qui le faisaient se précipiter vers le corps de Camille, la voix de Camille, le sourire de Camille, ses bras, ses lèvres, ses mots.

Heureusement, comme dans les contes, cet engouement trouva un écho chez la jeune fille, et ils firent bientôt partie de ces couples adolescents qui émeuvent les spectateurs adultes témoins de leurs sentiments en train d'éclore. Ils fréquentaient la même classe de seconde, ainsi que le club théâtre du lycée, où le professeur responsable ne put que les choisir pour incarner les héros de la pièce de Musset.

Un soir, en sortant du lycée, Adrien entraîna Camille vers le cimetière : elle n'y était jamais venue, bien que son amoureux lui eût raconté ses escapades régulières sur la tombe de sa mère, et Adrien sentait une légère réticence, une crispation de sa main dans la sienne. Il l'enlaça pour la rassurer :

– Tu es inquiète parce que je vais te présenter à ma mère ?

Camille rit, et se coula plus étroitement contre le corps du jeune homme.

– Détends-toi, je sais qu'elle est morte, mais j'aime bien faire comme si elle pouvait m'entendre.

– Il est joli, ce cimetière, c'est vrai.

– C'est calme, et ça sent bon. Comme toi.

Le jeu commença de cette façon, et ils n'atteignirent pas la tombe d'Anne Sifantus née Joubert, car Adrien huma le cou de Camille, puis ses seins, il poussa un peu plus loin les avantages qu'elle lui avait octroyés jusqu'à ce jour, et elle-même se fit plus entreprenante et plus sauvage, elle glissa ses mains sous la chemise d'Adrien, les fleurs de magnolia embaumaient, leurs bouches se perdaient et se retrouvaient, des plages de peau furent dénudées, des vagues de désir déferlèrent, Camille gémit puis haleta, Adrien gronda puis l'embrassa avec un peu plus de fougue, les morts autour se taisaient plus que jamais, on n'entendait que les oiseaux qui saluaient le crépuscule, et Adrien pénétra Camille avec la douceur qu'elle attendait, c'était un garçon doux, elle le savait, et ce fut un moment plein de vie malgré les tombes alentour.

# 8
## DE L'IMPORTANCE DU NOMBRE 13

Je ne me dérobais pas longtemps. Adrien avait un trait de caractère qui n'affleurait pas au premier abord, caché qu'il était sous
une discrétion confinant à la timidité, mais qui devenait évident
dès lors qu'on le côtoyait au quotidien : la ténacité. Il ne lâchait
rien. Sa douceur, sa délicatesse, sa bienveillance se remarquaient
d'autant plus qu'il les distribuait avec justesse, et seulement après
avoir atteint les objectifs qu'il s'était fixés, quitte à y consacrer
toute son énergie. Il employa cette technique avec moi.

Après la répétition de ce fameux soir, où il se surpassa dans
la précision de son jeu et dans l'acuité de son ton, je quittai le
théâtre la dernière, en compagnie de Laure qui en avait les clés et
qui devait me déposer en taxi avant de rentrer chez elle, plus loin
sur le trajet, près de la Gare de l'Est, puisque j'habitais du côté de
République. Nous commencions à marcher vers le boulevard de
Magenta quand je distinguai une silhouette qui surgit de sous un
porche : Laure reconnut Adrien avant moi. Elle s'arrêta net, me
lança un regard à la fois complice et légèrement réprobateur, puis
murmura : « Je vous laisse », et s'éloigna rapidement.

Le «beau petit blond» restait immobile sur le trottoir, éclairé de façon intermittente par les phares des voitures, de plus en plus rares à cette heure de la nuit. J'avais bien conscience que c'était mon tour de prendre des initiatives : je n'avais fait que différer ce moment en convoquant toute l'équipe sur scène tout à l'heure, comme s'il ne s'était rien passé dans le bureau. Maintenant, je me trouvais au pied du mur. Lâche, je tentais une dernière esquive :

– Tu veux qu'on parle de ton travail de ce soir ?

Il éclata d'un rire moqueur, et je pensais aussitôt que je ne l'avais encore jamais entendu rire, et que j'adorais ça.

– J'ai dit quelque chose de drôle ? demandai-je, me forçant à prendre une intonation sévère.

– Oui ! Tu penses vraiment que tu vas t'en tirer comme ça ?

Trois pas l'avaient amené juste devant moi, et je cherchais déjà une réponse logique à sa question, quand j'eus la sensation de revivre la scène de cet après-midi dans les moindres détails : il m'avait à nouveau entourée de ses bras et m'embrassait, m'embrassait, m'embrassait. Quand il cessa, je renonçai à discuter. De toute façon, je n'avais pas de mots. Les mots en quelques secondes avaient perdu tout leur pouvoir. Les miens. Parce que les siens me parurent très sensés, et dignes d'intérêt.

– Voilà. On reprend les choses où on les a laissées.

On fit donc comme il avait dit : on reprit les choses là où elles en étaient, et ce fut un véritable bonheur, parce que je me laissais porter par ce courant, et que cette fois il m'emmenait quelque part, même si de toute évidence j'ignorais où, et ne voulais pas le savoir. Adrien conduisait, il menait sa barque. J'avais posé une seule condition à notre… relation ? liaison ? histoire ? aventure ?…

à ce duo hors les murs du théâtre : c'était que justement elle res-
tât en dehors de ses murs, et que, hormis Laure qui avait tout
deviné, et qui garderait le secret, personne ne devait soupçonner
ce qui nous liait. Et j'appréciais la clandestinité de notre couple,
qui le rendait plus précieux et qui le protégeait.

J'eus pourtant beaucoup de mal à accepter que nous formions
un couple, même clandestin. Non que je ne fusse pas conquise
très vite par la personne si spéciale qu'était Adrien, mais, outre le
fait que j'avais beaucoup de mal à me sentir digne de son attention amoureuse (je ne m'éprouvais plus digne de celle de personne
depuis pas mal de temps), parce que ses points communs avec
Félix me semblaient de mauvais augure. Dès ce premier soir, après
que nous nous fûmes assis à une table dans un petit restaurant du
dixième arrondissement, je fis part à Adrien de mes réticences,
alors que j'étais déjà convaincue, vaincue, abandonnée.

– Tu as bien compris que la pièce, celle dans laquelle tu joues,
c'est un peu une page de ma vie…

– Je n'en étais pas sûr, mais oui, je m'en doutais.

Il m'écoutait avec la même attention que quand je lui donnais
des indications sur scène. Appliqué et empathique, la tête légèrement penchée avec la lueur des bougies qui mettaient des étoiles
dans ses prunelles sombres.

– Et donc Félix…

– … Félix est aussi un héros de ta vraie vie.

– Voilà.

Des standards de jazz jouaient en sourdine dans le restaurant,
*Ipanema's girl*, très exactement, et rien que ce morceau suffisait

à me rendre molle et sucrée, aucunement armée pour résister à tant d'obstination. Je continuais bravement à mettre les points sur les I.

– Et ce cas de figure est pour moi une expérience où je sais que…

– Que ?

– Il y a beaucoup de risques.

– Tu veux dire de dangers ?

Je soupirais. Les points sur les I n'allaient pas suffire, il faudrait aussi les barres aux T. Adrien me regardait gentiment, si gentiment et avec tant d'affection (je me refusais à penser «avec amour» pour conserver encore un peu de recul et d'intelligence dans un contexte où les deux tendaient à m'abandonner de seconde en seconde), que je ne pouvais pas envisager qu'il pût plaisanter. Et s'il le faisait, c'était dans le but de me détendre, de dédramatiser, de rendre les choses faciles. Mais elles ne l'étaient pas, pas pour moi.

– Tu sais l'âge que j'ai ?

Voilà, on y était ! Le nœud du problème, le point crucial, le nerf de la guerre, la corde sensible. On allait argumenter l'un et l'autre sur le sujet pendant des heures, lui pour me persuader que les sentiments ne prenaient pas en compte de tels calculs, moi pour lui démontrer que le décalage, un jour ou l'autre, deviendrait flagrant et ingérable et que ça gâcherait tout, et, si l'un ou l'autre l'emportait, celui qui perdrait attendrait que tôt ou tard l'avenir et les faits lui donnent raison. Cela me fatiguait d'avance, mais l'honnêteté exigeait qu'on en passât par là.

– Ah oui ! Ton âge ! Mais ce n'est pas du tout la même chose que dans la pièce ! On n'a que treize ans d'écart, autant dire pas grand-chose ! C'est ça qui t'inquiète… Aucun rapport, vraiment : lui il pourrait être ton fils. Moi, certainement pas. Allez, objection suivante.

Voilà comment il balaya en quelques phrases ce que j'avais pris pour un obstacle majeur. Le nombre 13 minimisait considérablement cet espace de temps qui nous séparait : j'essayais d'en mesurer l'importance en l'associant à différentes durées qui me le faisaient apprivoiser en douceur.

Treize ans : l'âge que j'avais au moment de la naissance d'Adrien, autant dire mes derniers jours d'enfance… mais encore l'enfance tout de même. Treize ans : le temps qui séparait les naissances de mes propres enfants, ce n'était pas si énorme, ils étaient bien frère et sœur, une même génération, une différence si ténue. Treize ans : ce qu'avait duré mon mariage, une poussière d'étoiles ou une infinité d'heures, selon les moments, alternance d'ombre et de lumière, de joies et de tourments, une vie entière, une seconde, une étincelle. Je décidai d'imiter Adrien, et de ne pas prendre en considération ce petit bout d'éternité, de le laisser pour ce qu'il était, une contingence, une faribole, une miette de temps perdu dans le fleuve de nos histoires entremêlées.

Quelque chose s'installa alors. Ce fut lent, mais incontestable, progressif et sans failles. Il n'y eut pas d'habitude, mais des rites. La première fois qu'Adrien mit les pieds chez moi (au 13 rue de Nemours, oui, encore), il heurta une petite console dans l'entrée et renversa ainsi une coupe où j'avais amassé des yeux de Sainte-Lucie, ces opercules de coquillages que l'on trouve en particulier sur les plages corses et qui portent bonheur. Il s'en éparpilla des dizaines sur le tapis marocain, et, pendant que nous les ramassions, tous les deux agenouillés, glissant nos mains sous les meubles pour traquer les récalcitrants, il en vola une pleine poignée qu'il mit au fond de sa poche en m'embrassant (Adrien aimait embrasser, il ne se servait pas du baiser pour pousser plus loin l'avantage, il soignait ce geste et y mettait de la passion, de la tendresse, de la douceur, il m'embrassait sans qu'aucune autre partie de nos corps ne fût en contact, et bizarrement cet échange prenait une dimension érotique très forte, très sensuelle). Les fois suivantes, dès qu'il passait la porte, il piochait un minuscule opercule au fond de sa poche, le déposait dans la coupelle en disant : « Encore un jour avec toi ! »

À de très nombreuses reprises, il préféra que nous passions une soirée tranquille en tête-à-tête à l'appartement plutôt que de dîner au restaurant, d'aller au cinéma ou au théâtre, de sortir avec des amis. Il disait que la façon dont j'avais meublé les lieux révélait beaucoup de mon caractère.

– Et c'est quoi mon caractère ?

– Eh bien, le tapis et la statuette me disent que tu es voyageuse. Les livres partout et en désordre : une lectrice passionnée et bordélique. Les grigris, le bouddha et les yeux de Sainte-Lucie : superstitieuse.

– Un peu rapide comme analyse, non ?

– Eh bien dis-moi d'autres choses sur toi, si celles-ci sont fausses !

Elles ne l'étaient pas. Et comme je n'avais pas encore été invitée chez lui à ce moment-là, je lui retournai sa question.

– Et toi, tu me dirais quoi, à ton sujet ?

– Sur moi ? Tu veux des traits de caractère ? Mais tu as tout saisi quand tu m'as vu le premier soir, tu m'as choisi pour ça ! Gentil, souriant, discret, mais chaleureux…

– Prétentieux ! Mais si tu devais me livrer une particularité, un signe distinctif, quelque chose qui te personnifie vraiment ?

Il réfléchit une longue minute, ou fit semblant, et lâcha :

– Je commence toujours un livre par la fin.

Si l'effet désiré était de me surprendre, il avait gagné. Je riais un peu, pour masquer mon désappointement :

– Tu veux dire que tu tournes les pages à l'envers ?

– Je veux dire que je lis la fin d'abord.

Je le regardais intensément, comme si j'avais voulu pénétrer au fond de ses pupilles, pour mieux comprendre ce qui s'opérait en cet instant dans les méandres de son cerveau, pour percer à jour cet esprit étranger : je prenais conscience avec cette révélation en apparence anodine qu'Adrien revêtait encore une armure de mystère, que mes yeux ne pouvaient en saisir qu'une part infime, que je ne connaissais de lui que la fermeté tendre de ses mains, la lisse courbure de ses reins, la profondeur humide et excitante de sa bouche, le grain fin de ses fesses, la tiédeur de son cou, l'ardeur de son sexe, toutes choses éminemment aimables et aimées, mais que, pour le reste, pour ce qu'il en était de ses pensées et de ses émotions, de ses manies et de ses certitudes, je m'aventurais en terrain totalement inconnu, et que la conquête n'en était même pas entamée.

– Mais… pourquoi? balbutiai-je, soudainement effrayée par l'étendue de mon ignorance le concernant.

Il haussa les épaules. Je m'attendais à un long développement, une argumentation ampoulée qui justifiât cet étonnant comportement, me semblant à moi le comble de l'absurde. Adrien (comme je l'aimais quand il me désarçonnait de la sorte!) expliqua simplement :

– Pour être débarrassé. Après, je ne passe plus mon temps à me demander comment ça va finir. Je peux savourer l'histoire, complètement.

Devant mon silence et mes yeux écarquillés, il ajouta :

– Tu vois?

– Oui, oui, murmurai-je, je vois. Enfin, j'imagine. Tu te sens plus libre, c'est ça?

– Quelque chose comme ça.

Une autre fois, alors qu'il flânait de pièce en pièce en attendant le café qui passait, il désigna une photo en noir et blanc, encadrée et accrochée au-dessus de mon petit bureau.

– C'est où, cette maison?

– En Dordogne.

– Une maison d'enfance?

– Non, une maison que je voudrais acheter.

– Voudrais?

Adrien avait un don pour mettre le doigt juste là où ça faisait mal. Parmi les quelques mots de ma phrase, il n'avait pas relevé le mot «maison» (j'aurais pu lui dire alors que cette petite bâtisse avait été restaurée par une Américaine, que je l'avais visitée pendant les travaux, que de grandes dalles anciennes recouvraient le sol, et que la chambre de l'étage ouvrait sur la campagne environnante), ni le mot «acheter» (je lui aurais expliqué que, à condition de vendre mon appartement à Brive, celui dont j'avais hérité à la mort de mon oncle, je pouvais acquérir cette maison dont j'avais rêvé bien avant qu'elle ne fût en vente), mais en revanche il notait ce conditionnel qui contenait toutes mes hésitations et mes atermoiements.

En soupirant pour gagner du temps, je jetai un œil à la photo, que je connaissais par cœur, puis à Adrien : il m'observait, aux aguets, sans pour autant abandonner son regard aimant, celui qui me poussait inexorablement à me livrer, à ne pas tricher, à lâcher prise.

– Oui, je ne suis pas encore vraiment décidée.

– Mais pourquoi ?

Et c'est ainsi qu'il obtint que je lui raconte de bout en bout mon histoire avec Félix.

# 9

## LES VOYAGES FORMENT LA JEUNESSE

Il se trouve souvent que nos décisions les plus importantes, nos choix vitaux, ou même le destin entier d'une vie se jouent sur un coup de dés entre les mains du hasard. Les premiers jours d'Émilien au cirque, qui avaient semblé succéder à sa rencontre fortuite avec le jeune Toulousain impatient de rejoindre sa promise, furent une véritable révélation. Pas tant à cause des tâches qui lui incombèrent désormais (entretenir les cages de certains animaux, aider au montage et au démontage du chapiteau, donner à boire à l'éléphant, balayer la piste après les répétitions) et qui n'étaient somme toute que les basses besognes de ceux qui, comme lui, ne maîtrisaient aucun art ni aucune technique, tel chevaucher un étalon blanc ou s'élancer d'un trapèze pour saisir en plein vol les mains de son partenaire, que grâce à la nouvelle organisation de la vie quotidienne, au déroulement fantaisiste des jours, à ce qui gouvernait toute la vie de la troupe, quel que soit l'échelon où l'on se trouvait : le voyage.

Pour lui qui était resté depuis sa naissance (hormis son trajet en carriole pour aller de chez ses grands-parents maternels jusqu'à la ferme de son beau-père, et dont bien entendu il ne gardait aucun souvenir) dans le même environnement, qui connaissait tous les repères géographiques à dix kilomètres à la ronde autour de sa maison, qui à la fois en avait épuisé le côté rassurant et avait espéré chaque jour s'en échapper, surtout depuis qu'il savait lire et qu'il découvrait chaque soir dans les pages des livres d'autres univers, ce mode de vie ambulant représentait la concrétisation de ses rêves et la remise en question de toutes ses certitudes.

Le cirque déménageait tous les deux jours en moyenne, au rythme de ses spectacles : il suivait un itinéraire bien établi, étirant ses convois tirés par des percherons sur les routes de campagne, faisant halte aux abords des villages pour y établir son campement et monter son chapiteau. Émilien avait réussi à visualiser le trajet en se référant à son exemplaire du *Tour de France de deux enfants*, où étaient représentées les cartes de toutes les régions françaises. Il pouvait ainsi se faire une idée des villes à venir, et il mettait un point d'honneur à relire les informations propres à chaque lieu, étonnant ses compagnons en leur donnant ensuite des précisions sur tel ou tel endroit, la porcelaine de Gien ou le vin de Bourgogne. Jamais il n'aurait cru qu'un jour il parcourrait ces routes sur lesquelles il avait marché en rêve, qu'il croiserait ces monuments dont les gravures l'avaient fasciné, qu'il traverserait ces paysages ni ces fleuves qui n'avaient eu jusqu'à présent qu'une existence de papier. À Nevers, il décida d'écrire à sa mère. On était en juin, et il n'avait donné aucune nouvelle depuis son départ : le petit mot qu'il avait laissé au matin de ce printemps, plié dans la poche du grand tablier que Berthe avait l'habitude d'enfiler dès son lever, avait dû la rassurer, mais cela datait de plusieurs mois maintenant.

Il utilisa comme support un des prospectus distribués par le cirque au moment de la parade, et dont le verso était vierge.

Après le repas du soir, et juste avant la représentation, il bénéficiait d'un petit moment de calme, pendant que les artistes se préparaient et que le public commençait à faire la queue à la billetterie. Armé d'un crayon qu'il avait soigneusement mis de côté, il s'appuya sur une planche de bois servant aussi de table pour les repas, et entama sa lettre. Il n'en avait encore jamais écrit, si ce n'est à l'occasion d'une situation imaginaire instaurée par le maître d'école pour un devoir de rédaction : «Vous rédigez une lettre pour raconter à votre cousine les fêtes de la moisson.»

On était bien loin du sujet actuel ! Mais il ne dérogerait pas à la tâche qu'il s'était fixée, bien qu'il eût peu de doutes sur l'inquiétude réelle de sa famille à son égard. Pourtant, il se plaisait à penser que sa mère au moins se souciait du sort de son fils aîné, et ce fut animé par cette conviction qu'il traça ses premiers mots.

«Chère famille,

Je vous écris de Nevers, où nous voilà arrêtés pour deux jours. J'espère que cette lettre vous trouvera en bonne santé et que tout se passe bien à la ferme. Pour moi, les choses vont bien, je travaille dans un cirque, c'est celui que vous voyez sur l'image au dos de laquelle je vous écris. C'est un travail fatigant, mais agréable, parce qu'on voit du pays et qu'on découvre du nouveau chaque jour. Je suis nourri et logé et je gagne quelques sous. Nous nous dirigeons vers l'Est, et je pense que dans les mois qui viennent, au moment du retour vers le Sud, j'aurais l'occasion de passer tout près de chez vous, et peut-être de vous voir.

Je pense bien à vous et vous embrasse. Portez-vous bien.

Émilien»

Il mourait d'envie d'en dire plus, de parler de l'ivresse ressentie chaque fois que les voitures hippomobiles se mettaient en route, de l'excitation quand retentissait la musique à l'ouverture du spectacle, il aurait voulu raconter à ses petits frères les tours des magiciens, les numéros si habiles des jongleurs, les pas majestueux de l'éléphant harnaché de plumes et de paillettes étincelantes, la légèreté des écuyères sur les étalons noirs, la grâce de la trapéziste, il aurait aimé expliquer en quoi consistait sa tâche quotidienne, décrire le coin où il dormait avec trois autres compagnons de voyage, exposer la technique du montage du chapiteau… et tant d'autres choses ! Mais, outre le manque de temps, il savait bien que rien de tout cela ne rencontrerait un accueil intéressé : plus exactement, ceux qui y auraient trouvé un réel intérêt, ses frères, n'y auraient pas accès, et sa mère ferait sans doute comme si ce courrier n'avait que peu d'importance, pour ne pas agacer son beau-père plus qu'il ne le serait déjà. Il l'imaginait parcourir rapidement la missive, après que l'homme bourru avec qui elle partageait sa vie la lui eut tendue, et la ranger dans son tablier, peut-être pour la consulter un peu plus tard, entre deux corvées. Une lettre ! Ce n'était pas fréquent d'en recevoir une à la ferme. Elle la conserverait sans doute précieusement, autant parce qu'elle provenait d'Émilien qu'à cause de sa rareté. Elle noterait aussi mentalement qu'il repasserait dans la région, et si elle se retrouvait un peu seule avec les petits, elle leur montrerait l'image, celle de l'éléphant avec la belle jeune fille en costume de gala.

Émilien cacheta donc sa lettre et retourna à ses occupations, projetant de la donner à poster avec le reste du courrier de la troupe, le lendemain matin. Il ne savait pas encore que ses plans pour les mois à venir allaient subir de substantielles modifications :

en effet, quelques semaines plus tard, la guerre serait déclarée, et le cirque rejoindrait très vite sa base dans le Tarn-et-Garonne, où le matériel et les chevaux seraient réquisitionnés.

Ce fut encore une rencontre inopinée qui lui permit de ne pas renoncer à ses projets : à Metz, le cirque partagea son aire de campement avec une petite troupe théâtrale itinérante, qui avait donné une représentation au cours de l'après-midi. Émilien avait échangé quelques mots avec un des jeunes gens, quand ils s'étaient retrouvés ensemble au puits pour s'approvisionner en eau. L'autre n'avait que quelques années de plus que lui, mais un charisme et une assurance qui plurent à Émilien, et qui l'impressionnèrent plus qu'il ne voulut bien se l'avouer. De fil en aiguille, il en apprit un peu plus sur le spectacle auquel il participait : tour de chant, extrait de pièces de boulevard, sketches humoristiques. Eux aussi se déplaçaient de ville en ville, et ils stationnaient en outre dans des villages reculés, et pouvaient rester trois ou quatre jours au même endroit si l'accueil était favorable. Ils jouaient le plus souvent en plein air, ou dans une cour d'école, sous un préau, dans les arènes des villes du Sud, ou sous les halles des marchés.

Émilien avait appris quelques jours auparavant que le cirque amorçait son retour définitif dans ses quartiers du Sud-Ouest, suite à la déclaration de guerre. L'annonce de la guerre elle-même ne l'avait pas bouleversé outre mesure, mais la nouvelle que le cirque n'avait désormais plus besoin de lui perturbait ses plans et le laissait très désemparé. Il eut la prémonition que ce petit théâtre ne croisait pas sa route par hasard, et finit par trouver le courage de demander au jeune garçon si leur effectif était au complet.

– Pourquoi ? lui demanda l'autre avec un air goguenard. Tu sais, y a pas de cages à nettoyer chez nous, ni d'éléphant à nourrir !

– Je sais bien, rétorqua Émilien, un peu vexé, mais sans se laisser démonter. Mais je sais faire autre chose…

– Ouais, quoi ? des claquettes ?

– Non, mais je joue de l'harmonica… et je chante !

Il avait affirmé cette dernière assertion avec d'autant plus de force qu'il cherchait à se convaincre lui-même. Il chantait, c'était la stricte vérité, mais de là à affirmer que cela pût être entendu par des tiers, et, qui plus est, avec plaisir, il en doutait un peu, n'ayant jamais eu l'occasion d'exercer son art vocal devant d'autres spectateurs que les vaches de son beau-père ou ses petits frères et sœurs.

– Ah ouais ? et tu chantes quoi ?

– Ce que tu veux !

Fernand, le jeune homme si sûr de lui, fut un instant décontenancé par tant de culot. Puis il se mit à rire et lança à Émilien, qui faillit se pincer pour vérifier qu'il ne rêvait pas :

– Je sais pas si c'est toi qui as de la chance de m'avoir croisé ou notre directeur parce que je t'ai rencontré, mais ce qui est certain c'est que tu tombes bien : notre chanteur a attrapé une saloperie, il a la voix bousillée depuis trois jours, et ça fait sauter une bonne demi-heure de spectacle. Écoute, j'en parle au chef, et je reviens te dire ça ce soir. Rendez-vous ici à la nuit tombée.

Bouche bée, Émilien regarda Fernand s'éloigner, tâtant son harmonica enfoui au fond de sa poche. Le lendemain, il était convoqué par Monsieur Vermeulen pour une « audition ». Et engagé.

# 10

## L'AMANT IMAGINAIRE

J'avais rencontré Félix virtuellement, bien avant de le voir en chair et en os. Le récit de cette rencontre donna lieu à des milliers de lignes, dans les mois qui suivirent, où j'extrapolais à partir de ce début improbable, et où toutes les situations possibles furent envisagées, décrites, analysées, découpées, interrogées. Cette fois, en présence d'Adrien, je me devais de rester au plus proche de la réalité, et je m'aperçus que c'était un exercice éminemment difficile : j'avais tant brodé autour de cette histoire que je ne savais plus où s'arrêtait le réel et où commençait la fiction. J'allais avoir beaucoup de mal à démêler les fils, à remonter à la source, puis à suivre le bon chemin sans oublier les détails et les herbes folles des bords.

Adrien bien sûr ne doutait pas de ma réponse à sa demande, il s'était installé comme un enfant qui s'apprêtait à écouter son histoire du soir. Pourquoi tenait-il tant à connaître cette partie de ma vie ? Parce qu'elle interférait inévitablement avec ce que nous vivions ensemble lui et moi ? Parce que la pièce qu'il jouait et que j'avais écrite y faisait sans cesse référence ? Parce qu'il voulait savoir contre qui il devait lutter, qui était celui qu'il prenait pour

un rival ? Je ne cherchais pas vraiment à éclaircir cette question :
j'éprouvais encore un certain plaisir à me pencher sur cet épisode,
je n'en avais sans doute pas épuisé encore toutes les répercus-
sions, des ondes se propageaient encore, j'en savourais les échos
sur les murs du présent. J'avais toujours aimé gratter les croûtes
des anciennes blessures, et celle-ci n'était pas si douloureuse, je
l'aimais, je l'entretenais même.

Ce jour-là, Adrien avait procédé à l'un de ses rites habituels : après avoir observé méticuleusement les divers objets qui
peuplaient mon antre, il en avait choisi deux ou trois pour leur
associer des traits supposés de mon caractère. Le premier, un petit
carnet orangé couvert de notes gribouillées en tous sens, lui avait
suggéré ce commentaire : « Désordonnée, mais organisée, avec
des pensées qui foisonnent et que tu essaies de contrôler. » Et le
second, un éventail que j'avais acheté à Barcelone, au cours d'un
voyage avec Félix précisément, en satin rouge orné de dentelles
noires, lui inspira ces mots : « Tu aimes le soleil et la chaleur, le
rouge et le brillant, mais tu as besoin de pouvoir t'y soustraire... »

Je ne le détrompai pas, j'aimais ces jeux oratoires où il essayait
de me circonscrire, et l'interprétation de ces signes multiples
qui jalonnaient mon univers familier me flattait, m'ouvrait aussi
de nouvelles perspectives, éclairait ma vie d'une autre lumière.
J'aimais me voir dans ses yeux, je l'aimais lui de chercher à me
comprendre.

– J'ai rencontré Félix sur Internet...

– Non ! Tu veux dire que vous avez communiqué par l'intermédiaire d'un site de rencontres ?

– Pas du tout ! Tu n'auras pas la satisfaction de m'entendre raconter ce genre d'histoire, où la technologie informatique est mise au service de Cupidon !

– Ah… Je suis un peu déçu…

Pour contrecarrer ses paroles, il me prit dans ses bras, et je continuais mon récit appuyée contre son torse, les jambes allongées entre les siennes sur le canapé de cuir qui en avait vu d'autres, les chaussures sales des enfants, et leurs mains grasses, les griffures du chat et la bave du chien, les coups de stylo et les larmes de toute la famille.

– Il m'a envoyé un mail un peu avant Noël, pour me demander de lire mes pièces, enfin, des saynètes que j'avais écrites, et dont mon fils lui avait parlé.

– C'était un ami de ton fils ?

– Oui, depuis peu. Ils se connaissaient depuis quelques mois et se voyaient beaucoup.

– Mais pourquoi les pièces que tu écrivais l'intéressaient ?

– Parce qu'il était comédien. Tom lui avait fait l'éloge de mon travail et voulait lui demander son avis, en tant que professionnel, pour m'encourager à continuer.

– Et ?

– Nous avons échangé des mails à ce sujet pendant quelque temps : il trouvait que j'étais douée, que ça valait le coup que je continue, et dans la foulée il a voulu lire aussi mes bouquins. Il débutait, en tant que lecteur, je veux dire qu'il se mettait seulement à lire sérieusement : il m'a plus ou moins demandé de le conseiller sur des auteurs faciles à aborder, et je me suis prise au jeu. On a peu à peu pris l'habitude de s'écrire un mail chaque jour.

– Et tes livres ? Il les a aimés ?

– Oui.

– Ensuite ?

– Ensuite je me suis mise à guetter mon courrier électronique dans l'attente de son message quotidien. Et puis nous nous sommes confiés plus intimement l'un à l'autre. C'était bizarre. Agréable.

– C'est passé de la littérature aux confidences…

– Oui, en quelque sorte. Puis il m'a proposé de venir passer quelques jours chez lui la prochaine fois que je monterai à Paris.

– Tu n'y vivais pas ?

– Non, pas encore à cette époque-là. J'habitais dans le Sud, à Montpellier. Et je rendais visite à Tom de temps à autre. Quand Félix m'a invitée, j'ai beaucoup hésité. On correspondait depuis deux mois, et je m'étais… comment dire ? attachée à cet échange, j'y trouvais une étrange satisfaction.

– Tu étais tombée amoureuse de ton partenaire virtuel ?

Dans ma posture, je ne pouvais pas regarder Adrien dans les yeux, mais il dut sentir mon sursaut : une fois de plus, ses mots venaient à point nommé, désignant précisément et à l'instant exact ce qui s'était produit, et il faisait preuve d'une intuition sans faille, comme s'il avait déjà connaissance des faits, et au-delà, des émotions et des états d'âme qui y étaient liés.

– Eh bien, ça y ressemblait bien. Je ne me suis pas laissé aller à cet élan tout de suite, mais seulement quand Laure, à qui j'en avais un peu parlé, a insisté sur le fait que c'était Félix qui avait craqué pour moi. Je ne la croyais pas vraiment, mais ça me faisait plaisir, et en même temps je ne voyais pas bien comment c'était possible, à distance : il ne pouvait être amoureux que de mes mots. Et moi de même…

– Et alors ?

– Alors j'ai fini par accepter. Je me suis préparée à la rencontre en chair et en os comme si j'avais quinze ans. Et en parallèle, j'ai commencé à écrire un roman où je racontais tout ça, et où j'imaginais la suite. Du coup, avec le recul, je mélange un peu les deux.

– Donc vous avez fini par vous rencontrer ?

– Oui, je suis allée chez lui, à Paris, pour y passer une semaine. Et j'ai reculé deux fois mon billet de retour : finalement j'y suis restée quinze jours.

– Hum, la réalité a été à la hauteur de tes espérances alors…

– La réalité a été très différente de ce que j'attendais, mais aussi infiniment plus riche et plus étonnante.

Moi qui avais tant brodé sur ce thème, improvisé autour de cette mélodie, paraphrasé mes propres dires, moi qui avais utilisé clavier, plume et stylo pour retranscrire à l'infini les échos éveillés par Félix, moi qui m'étais complu dans les méandres parfois sirupeux et parfois amers de cet amour hors normes, je m'aperçus à cet instant que j'allais être confrontée pour la première fois à une manière inédite d'en rendre compte : la narration orale, le conte, et pour un public qui ne m'était pas indifférent, et qui maniait sans doute mieux que moi la parole vivante, et que j'aimais, et à qui surtout je ne voulais pas déplaire. J'eus un sursaut de coquetterie :

– Mais je ne sais pas si je vais continuer, tu sais, je raconte mal…

– Clarissa (Adrien avait ainsi déformé mon prénom, il disait que ça me convenait mieux, que ça faisait moins précieux que Clarisse, plus méditerranéen, plus chaleureux), on n'est pas au théâtre, là, je t'aime, et je t'écoute.

Et ça me cloua le bec. Je continuais presque docilement, avec dans l'oreille la note prolongée de ce « je t'aime » lancé comme par hasard (et d'ailleurs est-ce que j'avais bien entendu ?).

– Eh bien, dès le début, j'ai eu la sensation de trouver mon âme sœur, mon double : on se comprenait sans se parler, on communiquait facilement, je me sentais à l'aise avec lui. En plus, il était beau, et émouvant. On a parlé, on s'est promenés dans Paris, on a regardé des films, il m'a préparé des petits plats.

– Rien de plus ?

– Tu veux dire rien de sexuel ? Non, rien. Je ne me sentais pas assez sûre de moi pour faire le premier pas et franchir la barrière constituée par la différence d'âge, et lui…

– Lui ?

– Il me regardait parfois avec tendresse, il m'a prise dans ses bras une fois pour me consoler, mais je ne savais pas si ça signifiait quelque chose de spécial. Il n'a jamais eu un geste vraiment ambigu.

– Et s'il l'avait eu ?

Je haussai les épaules sans répondre. Et je continuais.

– Ces quinze jours ont été parfaits. Félix était tourmenté, je le sentais bien, mais gentil, attentif, curieux, fin. Il m'a fait découvrir des tas de films, et moi je lui ai acheté des livres, il m'a accompagnée à mes rendez-vous quand il était tard, pour ne pas me laisser seule dans Paris, on est allés au théâtre et au cinéma, au restaurant, on a marché au jardin du Luxembourg, on a pris un café tout en haut du Centre Beaubourg. Il y a eu plein de petits moments magiques, j'avais l'impression de compter pour quelqu'un, à nouveau.

– Et ton fils, Tom ?

– Oui ?

– Tu l'as vu aussi ? Il pensait quoi de tout ça ?

– Je l'ai vu, on a dîné ensemble deux ou trois fois. Il n'en pensait rien. Enfin il ne m'en a rien dit. (Il m'a laissé le temps de comprendre toute seule, aurai-je dû préciser, mais je ne le fis pas.) Et puis ça a été le jour du retour, Félix m'a conduite à la gare, il a monté ma valise dans le train, et là on est restés longtemps dans les bras l'un de l'autre, sur la marche du wagon, sans rien dire. Je crois que j'ai pleuré un peu sur son blouson. Et quelques minutes après le départ du train, j'ai reçu un texto sur mon téléphone : « Tu me manques déjà. » À partir de cette date, il ne s'est pas passé une journée sans que nous ne nous parlions au moins une fois au téléphone.

# 11
## LES RACINES, LES BRANCHES, LES FEUILLES, LES FLEURS

Des cimetières aux arbres généalogiques, il n'y a qu'un pas. Adrien avait montré à Camille la tombe de sa mère, après leur après-midi érotique parmi les croix et les stèles mortuaires, et la petite avait posé des questions qui avaient planté leurs germes dans la tête du jeune garçon.

– Anne SIFANTUS Née JOUBERT, 1945-1980... Elle était jeune, ta mère ! Joubert, c'était son nom de jeune fille alors ?

– Oui. Sifantus est le nom de mon père... Elle avait trente-cinq ans quand elle est morte.

– Sifantus, c'est un drôle de nom...

– C'est le mien !

– Je ne l'avais jamais entendu avant de te connaître. Tu sais d'où ça vient ?

– Non.

Camille avait pris goût aux amours funèbres, elle se délectait du contraste entre la sensualité de ses ébats avec Adrien et la froideur apparente de leur cadre, avec les sépultures de marbre, les croix sur lesquelles agonisaient des christs de bronze, les fleurs en plastique aux couleurs passées, les plaques funéraires aux lettres dorées, dont la matière minérale se heurtait violemment aux échanges charnels qui les soudaient l'un à l'autre, à leurs effluves de sexe et de sueur, à leurs peaux élastiques et à leurs frottements brûlants, au goût de sel qui embaumait leurs lèvres. Était-ce cette discordance qui la rendait toujours plus audacieuse, toujours plus gourmande ? Camille découvrit dans ce cimetière tout ce que la sexualité offrait de plaisir et de désir, la frontière délicate entre jouissance et douleur, le vertige que procurait l'abandon… et Adrien l'adora sans retenue, conquis par la générosité animale, l'absence de calcul et la naïveté lascive de sa compagne. Nulle part ensuite il ne parviendrait à retrouver les conditions propices à un acte sexuel aussi excitant : la paix du lieu, le décor sépulcral, mais familier, l'atmosphère baroque, et la certitude que personne ne viendrait les chercher ici et que pourtant ils avaient mille témoins invisibles…

Il eut d'autres aventures après Camille, mais aucune de ses futures petites amies n'affectionna comme elle l'amour entre les tombes : certaines d'entre elles refusèrent même carrément de se prêter à l'expérience, la jugeant morbide et malsaine, et plusieurs autres cessèrent aussitôt après le premier essai, avec souvent une remarque comme : « Tu as vraiment un problème ! » Et encore, Adrien ne leur avait pas avoué que sa mère dormait à quelques mètres de là, sous la terre, pas loin du gros magnolia qui les avait abrités de son feuillage dense.

Ce fut alors qu'il s'intéressa à son arbre généalogique : sa famille ne vivait dans la banlieue ouest de Paris que depuis le mariage de ses parents, qui venaient tous les deux de petites villes de province, et le cimetière où était enterrée sa mère n'abritait aucun autre membre des Joubert ni des Sifantus. Il commença tout naturellement par se pencher sur ses ascendants maternels, comme si par ce biais il accordait à sa mère un peu de vie en plus, ou plus exactement un prolongement de cette vie sur le papier. Anne Joubert avait passé son enfance du côté de La Rochelle, d'où était originaire la famille de son père. Adrien réussit à remonter jusqu'au grand-père de ce dernier, né en 1870 à Saint-Martin-de-Ré, dans une famille de pêcheurs : sa ténacité et son imagination le menèrent à posséder à l'âge de trente ans plusieurs bateaux, la flotte de pêche la plus importante de l'île. Les Joubert déménagèrent sur le continent à la génération suivante, mais ils ne voguèrent plus en mer, et se recyclèrent dans la poissonnerie en gros. Le père d'Anne rompit définitivement avec son passé marin en abandonnant bateau, poissons et autres produits de la mer pour se consacrer à une activité beaucoup plus terre à terre, bien qu'instigatrice tout autant de tournis et d'étourdissements : la viticulture. Il se lança dans la production de Cognac, dont le cru dénommé Fins Bois se situait assez honorablement dans le classement de ces vins, tout en étant loin d'être parmi les meilleurs.

Anne fut donc élevée dans les arômes s'échappant des alambics, l'ordre et l'obscurité fraîche des chais, les belles vagues des vignobles et les mystères de la Part des Anges : il lui en resta une attirance pour les espaces dégagés où le ciel prenait toute la place, et un appétit de la vie et des repas bien arrosés, qu'elle engouffrait avec une énergie surprenante pour sa constitution menue et presque diaphane. Adrien gardait en mémoire une image de son enfance : un repas de famille, dans une grande pièce aux fenêtres ouvertes, et sa mère qui dansait avec son père autour de la table, un verre à la main, plein d'un liquide ambré où jouaient les reflets du soleil, pendant que les convives encore attablés riaient, que les enfants – ses cousines et cousins – se poursuivaient entre les meubles, et que de la musique sortait des enceintes posées dans deux angles de la pièce. Il aimait cette image qui lui montrait sa mère insouciante, sa mère légère, sa mère un peu ivre, et cela l'aidait à pardonner au destin de la lui avoir enlevée.

Quand il eut terminé de remonter cette branche-là, aussi loin qu'il le put sans aide, il s'attaqua à celle de son père. Et le terme n'a rien d'exagéré, il s'agissait bien d'une attaque : leur combat durait depuis le décès de sa mère, si tant est qu'il n'eût pas commencé encore bien avant, au moment même de la naissance d'Adrien, quand Jacques Sifantus eut la révélation fulgurante que ce troisième garçon serait celui de trop, celui qui brisait l'équilibre de la famille, celui qui n'entrerait pas dans le moule et qui en ferait éclater les contours, dispersant autour de lui les débris dont les blessures perdureraient longtemps sur la peau de leurs victimes.

Le premier Sifantus qu'Adrien repéra au cours de ses recherches naquit en 1890 dans le Loiret, à La Ferté-Saint-Aubin : un site trouvé sur le web lui apprit que moins de onze départements sur le territoire français avaient abrité des Sifantus depuis cette date. D'origine espagnole, Sifantus s'était d'abord écrit Sifluentes, et le sens en était précisément « les gens du fleuve ». Puis les détenteurs du nom avaient migré vers la Hollande et le patronyme avait évolué en Sifantees. Après une nouvelle migration dans le nord de la France, un employé de mairie, soit indélicat soit mauvais en orthographe, transforma à l'occasion d'un mariage les deux « e » en « u », donnant au nom sa forme actuelle de Sifantus.

Alphonse Sifantus, son ancêtre, avait donc grandi dans la petite ville de La-Ferté-Saint-Aubin, où son père dirigeait les Fonderies de Sologne, puis la famille avait déménagé pour les environs de Bourges, car les Forges recherchaient un nouveau directeur pour ce site, et les Sifantus avaient acquis une grande maison bourgeoise assez éloignée de la cité, mais suffisamment vaste et cossue pour témoigner de l'aisance de ses propriétaires, et leur permettre d'y abriter leurs quatre filles et leur fils Alphonse, ainsi que quelques domestiques, en plus de ceux qu'ils faisaient venir chaque jour des fermes et masures avoisinantes.

Le manoir, comme l'appelait Mme Sifantus, était une grande bâtisse imposante, percée de deux rangées de sept ouvertures en façade, dont une porte monumentale donnant sur un large corridor qui séparait la maison en son milieu. Deux parties plus petites flanquaient symétriquement le corps central, et une petite tourelle ornait celle de droite. Tout autour des constructions, un jardin à la française, un verger et un potager agrémentaient de verdure la propriété. Pour entretenir la demeure et ses six habitants permanents, Mme Sifantus avait engagé aussitôt une cuisinière, une femme de chambre, un jardinier, un cocher, et une bonne à tout faire. Chaque jour s'y adjoignait l'aide d'une servante habitant les environs, et occasionnellement celle d'une gouvernante si des amis dotés d'enfants séjournaient au manoir.

Adrien dénicha de vieilles photos de la propriété, qui était demeurée dans la famille de son père, lui-même fils d'Alphonse, jusqu'à la Seconde Guerre Mondiale, période à laquelle le grand-père l'avait vendue pour avoir des liquidités en prévision de la période difficile qui s'annonçait. Adrien se souvenait avoir feuilleté sur les genoux de sa grand-mère un vieil album où figuraient des clichés du « château », comme le nommait son aïeule, et il s'acharna à retrouver le registre gainé de cuir où ils étaient rassemblés, se remémorant à cette occasion les récits qui avaient accompagné ces découvertes d'enfant auprès de Mamie Louise.

Que cherchait-il ? Il n'aurait su le dire… Autant la quête qui l'avait emmené sur les traces de sa mère l'avait apaisé, autant ce chemin creusé vers les origines paternelles se frayait avec peine et opiniâtreté, et chaque nouvelle information acquise lui arrachait presque un cri de victoire, comme si ce résultat n'avait été obtenu qu'après une longue bataille, mais contre qui ? S'il avait crû aux fantômes, Adrien aurait pu affirmer que l'un d'entre eux, un esprit du passé, une ombre très ancienne, se dressait avec hargne contre son désir de comprendre et ses pas de fourmis pour retracer la route : quelque chose l'empêchait d'accéder à la totalité de son arbre, de remonter jusqu'à ses racines, d'en parcourir les branches, d'en reconnaître les feuilles, d'en voir éclore les fleurs.

# 12

## LES PIERRES FONT PARTIE DU CHEMIN

Émilien continua donc sa route : la petite troupe de chansonniers ne suivait pas un itinéraire bien établi comme il en avait eu l'habitude avec le cirque auparavant, et la guerre perturba encore plus le programme prévu, qui était déjà assez flou habituellement. Très vite après qu'il eut intégré la compagnie, ils refirent route vers le Sud, fuyant les lieux de conflit et le front de l'Est pour regagner des zones plus paisibles. Leur groupe se composait de cinq membres, aucun d'entre eux ne pouvant être appelé sous les drapeaux pour des causes diverses : le très jeune âge d'Émilien, celui bien trop avancé du «directeur» de la troupe, le handicap de Jojo, qui avait eu trois doigts de la main droite coupés par la scie circulaire de la menuiserie paternelle, la petite taille du Nabot, qui mesurait à peine un mètre cinquante, mais chantait avec une voix de baryton le grandissant inexplicablement, et la déformation congénitale du pied de Beau Gosse, qui l'obligeait au port de chaussures spéciales «incompatibles avec le service armé», dixit le recruteur.

Ils eurent en outre la chance de pouvoir conserver leur cheval, en réalité une vieille jument isabelle qui avait à peine la force de tirer leur carriole, mais qui du coup ne fut pas réquisitionnée pour les besoins de l'effort de guerre. Les cinq artistes la soulageaient autant qu'ils le pouvaient en portant eux-mêmes le matériel au cours de leur périple sur les routes : ils avaient même pour ce faire confectionné tout un appareillage sophistiqué : un petit chariot à roulettes que Jojo tirait un peu comme une brouette inversée, une sorte de civière halée par Beau Gosse et un joug sur lequel étaient fixés deux grands récipients et que le Nabot posait sur son cou court et puissant. Ils parvenaient ainsi à transporter ce qui était nécessaire à leurs spectacles et à leur quotidien, sans épuiser cette pauvre Mélody, qui traînait aussi vaillamment qu'elle le pouvait leur abri et les objets trop encombrants pour être pris en charge dans leurs différents récipients de fortune.

Très vite, Émilien avait trouvé sa place parmi la troupe, dont le nom officiel était tout simplement «La Compagnie». Il avait reçu la consigne de se trouver un nom de scène, mais comme il tenait à ce que celui-ci fût parfaitement à son goût, le patron avait accepté de lui laisser un peu de temps, et, en attendant, tous le surnommaient «Le Petit». Dès les premiers soirs, on l'avait intégré au spectacle : il jouait dans deux ou trois sketches en alternance avec le Nabot, il chantait, et il accompagnait Beau Gosse à l'harmonica sur deux chansons de son cru. Étant donné les circonstances, les villages qu'ils traversaient les accueillaient avec bienveillance, les habitants étant ravis de pouvoir s'évader pour une heure ou deux sur les airs connus dont ils fredonnaient les paroles avec tendresse ou bonne humeur : *Le temps des cerises, La chanson des blés d'or*, mais aussi *Viens Poupoule* ou *La Madelon* soulevaient chaque soir des tonnerres d'applaudissements et entraînaient les chœurs des jeunes et des vieux, puisque les autres, ceux qui avaient le malheur de se trouver dans la force de l'âge, avaient dû rejoindre le front des combats.

Mais pour Émilien, le clou de sa soirée, le moment qu'il préférait, la raison essentielle qui le faisait monter sur scène, le rêve qu'il poursuivait tout au long du jour en marchant près de Beau Gosse ou en relayant Jojo entre les brancards de son chariot, c'était quand il entonnait *Frou-frou* : il se délectait en articulant les paroles du premier couplet, voyant défiler devant ses yeux les images évoquées (« mais quand elle va pédalant / en culotte comme un zouave ») et espérant que sa conviction à les prononcer suggérait les mêmes, et avec autant de force, à ceux qui l'écoutaient, puis il sentait l'accélération de ses battements cardiaques au moment où il démarrait le refrain, et que tous l'accompagnaient dans une rumeur à la fois douce et intense :

*Frou-frou, frou-frou par son jupon la femme*
*Frou-frou, frou-frou de l'homme trouble l'âme*
*Frou-frou, frou-frou certainement la femme*
*Séduit surtout par son gentil frou-frou*

En général, à l'issue de la représentation, les filles n'avaient d'yeux que pour Beau Gosse, qui arborait une coiffure gominée aux reflets aile de corbeau, une chemise ouverte sur un torse à peine velu, et un sourire en coin des plus enjôleurs, mais quand Émilien chantait *Frou-Frou*, avec son petit air canaille et son regard de caramel, nombre de ces demoiselles se mettaient à chuchoter entre elles en rougissant et à lui lancer des œillades aussi discrètes qu'aguicheuses. Émilien n'avait pas encore l'assurance de son aîné à la chemise blanche, mais il mesurait déjà un mètre quatre-vingts, les travaux de la ferme l'avaient musclé et les traits réguliers de son visage dénotaient une détermination certaine et un caractère bien affirmé, qui lui donnaient plus d'années qu'il n'en avait en réalité. Au fur et à mesure des soirées, il s'habitua donc à ces marques de succès, et les encouragea même, en copiant les attitudes de son modèle, qui ne manquait pas de le conseiller à ce sujet dès qu'il en avait l'occasion :

– Alors, Petit ? Tu as vu comment elle te regardait, la petite brune aux gros seins ? Tu attends quoi pour lui donner un rencart après le spectacle ?

– Non, non, je peux pas…

– Ah bon, pourquoi ?

– Il y a sa mère à côté d'elle, tu vois bien…

Beau Gosse s'esclaffait.

– Sa mère ! Et alors ? Tu la mets dans ta poche elle aussi !

– Ah oui, mais comment ?

– Tu lui dis : permettez-moi d'offrir une limonade à votre fille, qui a hérité de la beauté et du charme de sa mère…

Émilien riait, mais ce soir-là il n'osa pas suivre les suggestions du jeune homme, ni les soirs suivants. Il se contentait de jouir mentalement des marques d'intérêt de toutes ces femmes plus ou moins jeunes, et il rêvassait chaque nuit, couché sur son lit de camp à l'abri dans la charrette (qui en réalité était un ancien wagon de chemin de fer réaménagé en roulotte), comparant les minois de chacune, évoquant la brune et la blonde, la potelée et la maigrelette, la pulpeuse et la longiligne, les yeux bleus de l'une et les iris noirs de l'autre, il s'imaginait toucher les peux claires, les chairs élastiques, les poignets fragiles, les cous odorants, les gorges palpitantes, les ventres moelleux, les nuques penchées, les cuisses rondes, les bouches humides… et il finissait par sombrer dans le sommeil avant d'avoir pu conquérir, même en songe, les corps mystérieux de ces jeunes filles juste entraperçues.

Pour autant, il se sentait comblé par la vie : jamais auparavant il n'aurait pu imaginer s'endormir en ayant hâte de s'éveiller pour un nouveau jour. La scène sur laquelle il évoluait chaque soir le galvanisait, mais tous les autres moments de la journée lui apportaient sa dose de satisfactions, et, de son point de vue, son content de bonheur. Quand il réfléchissait à la question, et qu'il se remémorait les épreuves passées (ce qu'il appelait maintenant des épreuves, à l'aune de sa vie actuelle, et qui alors ne lui avait semblé que des évènements bien ordinaires), les travaux de la ferme, le martèlement assourdissant des cuves, les réveils dans l'air glacé, l'indifférence de son beau-père, il devenait de plus en plus persuadé que toutes l'avaient inéluctablement conduit à sa situation présente. Il appréciait les longues marches sur les chemins en compagnie des autres garçons de la troupe, les arrêts au petit bonheur la chance dans les villages, toujours plus au Sud, les repas pris autour d'un feu ou, quand la recette avait été particulièrement bonne, dans une auberge, les discussions interminables sur la chance d'avoir échappé à la guerre et les prévisions de sa durée, les répétitions des sketches pour le spectacle du soir, les regards des filles sur le bord des routes, et les applaudissements au moment des saluts.

Il ne savait pas ce que serait son futur, mais, pour la toute première fois de son existence, il l'attendait avec une sérénité très légèrement teintée d'impatience. Ce fut dans cet état d'esprit, alors que l'hiver s'installait sur les plaines et commençait à geler les chemins, qu'il aborda l'étape que fit la Compagnie dans le village de son beau-père.

# 13

## L'AMANT IMAGINAIRE (2)

– Et c'est tout ?

La question d'Adrien ne me surprenait pas, d'autant qu'il la posait avec l'assurance sous-entendue que non, ce n'était pas tout, et qu'il se préparait donc à entendre la suite, laquelle suite peinait à trouver dans mon cerveau les bons mots pour prendre forme. En outre, je ressentais une certaine gêne, sinon de la culpabilité, à détailler par le menu cette histoire d'amour si particulière à cet autre homme, que j'aimais aussi, d'une tout autre façon. Lui cependant ne semblait pas troublé par la situation, il me fixait toujours avec ses yeux de petit garçon écoutant l'histoire du soir, et ce pouvoir qu'il me donnait me plaisait indéniablement, et me piégeait par la même occasion. Je continuais donc, cherchant mes mots, cherchant aussi les émotions que j'avais éprouvées alors, et qui s'étaient peu à peu métamorphosées en des sentiments bien plus doux, plus tempérés, moins passionnels.

– Nous nous parlions tous les jours, mais sa présence me manquait tout de même. Aussitôt rentrée chez moi, j'ai terminé le texte que j'avais commencé avant de partir : c'était une sorte de petit roman où j'avais imaginé notre rencontre, à Félix et à moi, et où avaient lieu de nombreuses coïncidences entre la réalité et la fiction. Et puis nous avons continué à échanger des mails, et je lui avouais très vite que ce que je ressentais pour lui était… Enfin, je lui dis que je pensais être amoureuse de lui, et je lui envoyais le texte terminé.

– Et alors ?

– C'est là que ça se complique. Il a adoré le livre, il a été surpris de savoir que j'en avais écrit la plus grande partie avant de le rencontrer, car des milliers de détails collaient à la réalité, il était touché et ému, mais… mais il me fit un long mail pour me dire que rien n'était possible entre nous, bien qu'il l'eût souhaité de tout son cœur.

Je me souvenais parfaitement de ma confusion en lisant ce mail, du soulagement et de la tension mêlées : soulagement de constater qu'il recevait mon aveu avec bienveillance ; tension, car il n'expliquait rien et laissait place à toutes les hypothèses, précisant juste, car il pressentait que j'envisagerais cette explication, que notre différence d'âge n'avait rien à voir là-dedans. Il ajoutait que j'aurais toutes les réponses à notre prochaine rencontre, car il ne voulait plus aborder ce sujet par téléphone, c'était trop difficile pour lui.

– Évidemment, j'ai tout imaginé : une maladie grave, une infirmité, une promesse qu'il se serait fait à lui-même, ou qu'il aurait faite à son ancienne amoureuse.

– Tu n'en as pas encore parlé, de cette amoureuse, ou j'ai déjà oublié ?

– Non, je n'en ai pas parlé. (De toute façon, Adrien n'oubliait jamais rien.) J'en sais assez peu : simplement qu'ils avaient vécu ensemble une sorte de passion, quelque chose d'intense et plutôt bref, et qu'il était très attaché à elle. Il l'évoquait souvent.

– Tu étais un peu jalouse ?

Je souriais, mais m'étonnais une fois de plus de sa prescience pour certaines choses, en particulier pour mes états d'âme passés ou présents.

– Peut-être… Mais ce qu'il me confia par la suite effaça très vite cette jalousie.

– Il n'a pas attendu que vous vous retrouviez finalement ?

– Non. Nous parlions des heures au téléphone, et les jours suivant ce mail, il était tourmenté, mal dans sa peau, et un soir il a fini par me parler. Il pleurait, et j'avais du mal à comprendre ce qu'il disait, ça me déchirait le cœur de l'entendre, de comprendre qu'il était si mal, mais je l'encourageais à vider son sac, je lui arrachais les mots un par un, il y avait de longs silences et je commençais à deviner ce qu'il voulait dire, mais il fallait que ce soit lui qui le fasse, il souffrait visiblement et j'attendais, je manifestais juste ma présence par quelques phrases, et il a fini par le dire.

– Qu'il aimait les hommes ?

– Oui, qu'il était homosexuel.

– Et tu as réagi comment ?

– J'ai ri, je crois.

– Ri ?

– Oui, ça me paraissait tellement moins grave que ce que j'avais pu supposer ! Il était en bonne santé, il était vivant, le reste, je m'en fichais complètement ! J'avais seulement mal pour lui, mal que ce soit une telle douleur. Mais moi, je m'en fichais vraiment. Et je le lui ai dit, j'ai essayé de dédramatiser. On a passé encore des heures au téléphone, et quand on raccroché, je crois qu'il allait un peu mieux.

– Et toi ?

– Moi aussi. Tout était enfin clair, et je savais que j'avais sa confiance. Pour le reste, je m'en arrangerais bien !

– Et ensuite ?

– Ensuite, nous avons partagé des dizaines de moments très forts, très intimes, nous avons fait des voyages ensemble, nous avons eu de longues discussions, il m'a consolée quand j'allais mal, j'ai fait la même chose, nous étions très proches et beaucoup de gens autour de nous pensaient que nous étions amants. Parfois nous les détrompions, et parfois non ! J'ai publié le livre que j'avais écrit pour lui, je le lui ai dédié. Et puis j'ai écrit la pièce, celle que tu joues.

– Et aujourd'hui ?

– Aujourd'hui, il est toujours là. Comme un mélange improbable de plusieurs personnages qui m'ont fait défaut dans la vie, c'est un frère, un ami, un alter ego, un père parfois, une sorte de héros multitâche…

– Il sait que j'existe ?

– Bien sûr ! Il a même été le premier à le savoir. Il te connaît, autant qu'on peut te connaître sans t'avoir côtoyé.

Adrien me fixait maintenant dans les yeux : je savais depuis peu qu'il employait cette méthode pour fouiller au fond de moi-même, et me faire dire ce que j'avais le réflexe de cacher. Si je baissais les paupières, il devinerait immédiatement que j'esquivais. Je n'avais rien à dissimuler à ce propos, rien du tout, mais je n'avais pas non plus envie de revenir sur certains aspects de la question, et je trouvais pour la première fois son insistance légèrement dérangeante, et peut-être un peu perverse. Lorsque ce mot me traversa l'esprit, je le chassai aussitôt, pleine de culpabilité, et de ma main j'effleurai la joue d'Adrien, avec le plus de tendresse que je pus mettre dans ce geste banal.

– Et la maison ?

– Ah ! la maison…

– Oui, on est partis de là, souviens-toi, murmura-t-il en désignant la photo au mur d'un mouvement ténu du menton.

– Oui. C'était un projet que nous avions en commun.

– L'achat de cette maison ?

– Oui.

– Et ?

– Et Félix a renoncé. C'était la première fois depuis le début de notre histoire que nous faisions un rêve ensemble et que l'un des deux se rétractait.

– Peut-être que cette fois l'engagement était trop fort ?

– Peut-être.

– Il t'a donné ses raisons ?

– Bien sûr…

– Qui étaient ?

Les larmes affluèrent assez brusquement, et je détournai la tête. Mais ai-je déjà dit qu'Adrien était tenace ? Il ne lâchait pas le morceau qu'il avait saisi, et même si à cet instant j'en comprenais mal les raisons, je percevais qu'il ne ferait preuve d'aucune pitié, du genre « excuse-moi de remuer de mauvais souvenirs », et qu'il allait s'acharner (oui, le mot est fort, mais je ressentais cet acharnement) jusqu'à épuisement du sujet, et éclaircissement des zones d'ombre. En fait, les zones d'ombre et les fouilles, les explorations en profondeur, creuser et éplucher, farfouiller et forer, remonter dans le passé, fouiner et fouir, inspecter, interroger, inventorier, remonter aux origines, tâter et tripatouiller, tout cela constituait sa spécialité, mais je l'ignorais encore.

– De bonnes raisons. Les complications juridiques. Les complications bancaires. Son impossibilité de quitter Paris pour s'installer là-bas.

– Et tout ça, il ne l'avait pas prévu ?

Je mesurais à cet instant l'écart entre leurs deux personnalités : le côté lunaire de Félix opposé à l'obstination terrienne d'Adrien, les tâtonnements du premier et la trajectoire d'étoile filante du second, les élucubrations fantaisistes de l'un et les raisonnements inébranlables de l'autre, ses échappées belles contre sa fuite en avant, ciel et terre, nuages et pierres, le vent et le feu, et moi au milieu.

Perdue soudain entre ces deux univers qui venaient de surgir dans ma tête, je ne répondis pas à la question, je haussai simplement les épaules en signe d'impuissance. Mais Adrien, avec son sens habituel de la justesse, sut faire ce qu'il fallait et dire ce qui convenait pour que je reprenne pied : il posa sa bouche sur la mienne, ouvrit mes lèvres doucement avec sa langue, sans qu'aucune autre parcelle de nos corps ne se frôlent, puis il articula tout en m'embrassant : «On va l'acheter ensemble, cette maison.»

# 14
## ÉCOUTER LES SIRÈNES

Quand Camille le quitta, Adrien sut que plus jamais il ne vivrait une histoire semblable. Il savait aussi que, malgré cette certitude, il ne pourrait s'empêcher de comparer à Camille les futures femmes de sa vie, ni de rechercher celles qui s'en rapprocheraient le plus. Camille avait symbolisé pour lui un ensemble de paramètres qui présidaient nécessairement à son engouement pour une personne ; des mots relativement simples suffisaient à rendre compte de cette alchimie : cimetière, théâtre, grâce, sensualité, audace, peau blanche, cheveux roux, rire, seins voluptueux, lecture. Une sorte de mosaïque improbable, un kaléidoscope déconcertant qui laissait peu de place à la chance, mais qui ne suffisait pas à décourager Adrien.

Pourtant, l'association de ces différents atouts semblait la plupart du temps inatteignable, en tout cas jamais avec l'harmonie subtile présente chez Camille. Il s'appliqua à cette autre quête cependant avec ardeur et détermination, pointant méticuleusement chaque élément de sa liste qui se manifestait chez l'une ou l'autre des filles rencontrées, abordées, séduites. Il avait même envisagé de noter dans un petit carnet les portraits de ses élues et d'y cocher les cases qui correspondaient à sa recherche pour chacune d'entre elles, mais l'opération lui avait paru trop triviale, plus digne d'un comptable que d'un amant à l'affût d'une amoureuse à sa mesure. Il se contenta donc de sa mémoire pour classifier mentalement les jeunes filles croisées, ou plus si affinités, et cela suffisait largement pour en éliminer la plupart, pour des raisons souvent multiples : qui détestait les lieux funéraires, qui manquait de poitrine, qui n'aimait pas suffisamment les livres…

Il y eut d'abord Kim. Croisée à la bibliothèque de la fac de lettres au cours de sa seconde année (Camille l'avait quittée depuis deux mois déjà, et il commençait tout juste à regarder les autres filles, avec une indifférence douloureuse), Kim correspondait à peu près à ses critères physiques, et c'en fut évidemment sa première perception : un teint très clair, de longs cheveux aux reflets rouges (pas roux, mais leur auburn très intense pouvait donner le change et le satisfaire), des seins doux qui affleuraient dans l'encolure lâche de la marinière, sa gestuelle dansante, et le parfum qui émanait de son corps et le submergea quand il la toucha de l'épaule… Ils partageaient une table de travail et il venait de lui emprunter un stylo, quand, dans la pile de livres posés devant elle, il remarqua le titre du premier : *Les mains sales*. Tout en inspirant aussi fort qu'il le put pour se noyer dans la senteur musquée de la fille, il effleura le volume et tenta sa chance :

– Tu étudies cette pièce ?

Elle le dévisagea avec aisance et un peu d'agressivité, mêlée d'une pointe d'interrogation (Adrien ne suscitait pas la méfiance).

– Non. Je la joue.

– C'est vrai ! Tu fais partie du club théâtre ? demanda-t-il avec un enthousiasme non feint, puisqu'une autre pièce du puzzle se mettait miraculeusement en place.

Cela la fit rire, et Adrien décida de se laisser une chance d'être conquis, à cause de ce rire, enfantin, un tantinet vulgaire, sans aucune retenue ni comédie. Restait à tester les cimetières.

Pour cette étape-là, Adrien prit son temps : Kim possédait davantage de charmes qu'il l'avait espéré, il se laissa le loisir de les découvrir un à un, de comprendre petit à petit qu'il était en train de devenir amoureux, et que le chant de cette sirène-là commençait à l'ensorceler pour de bon. Puis un jour il se décida à la présenter à sa mère : ce fut du moins sa façon de lui annoncer la chose, un peu en hommage à Camille, un peu par lâcheté.

Un samedi soir (les cimetières sont assez peu fréquentés alors), ils prirent donc le train de Paris vers Maisons-Laffitte, sans qu'Adrien eût donné plus de précisions à Kim, qui s'était pour l'occasion légèrement maquillée, avait attaché ses longs cheveux raides d'Indienne, et enfilé une petite jupe qu'elle jugeait sage, mais qui lui moulait délicieusement les fesses au goût d'Adrien. Quand elle lui avait demandé « C'est quel genre, ta mère ? », il avait hoché la tête sans répondre, et à la question suivante « Comme je suis habillée là, ça ira ? », il avait acquiescé vigoureusement, déclenchant chez Kim un sourire à tomber.

De la gare, il l'entraîna vers le parc, le long de l'avenue éclairée par les enseignes des boutiques, puis dans les allées bordées d'arbres où les maisons bourgeoises profilaient leurs masses sombres percées de rectangles lumineux, s'enfonçant plus loin dans le labyrinthe du parc avec la main de Kim dans la sienne.

– C'est loin du centre-ville, dis donc ! s'exclama celle-ci.

– Assez, oui. Tu vas voir, c'est calme.

Kim comprit dès qu'ils longèrent les murs du cimetière, à la vue des mausolées qui dépassaient de l'enceinte. Elle ralentit le pas, mais ne prononça aucun mot, attentive à l'attitude d'Adrien, cherchant à capter son état d'esprit : elle le suivit docilement jusqu'à la tombe d'Anne Sifantus née Joubert, s'attendant à ce qu'il se recueillît devant le marbre, à ce qu'elle le consolât, et pour faire bonne mesure elle tirait sur sa jupe et redressait le menton, vérifiant au fond de sa poche la présence d'un kleenex opportun.

Au lieu du chagrin présumé, Adrien afficha soudain un visage empourpré, la scrutant avec un regard troublé et fiévreux, et il l'attira contre lui avec une violence contenue, délivrant ses cheveux de l'élastique qui les retenait, passant ses mains sous sa jupe qui lui sembla soudain une protection bien dérisoire, et posant sa bouche sur le haut tendre de ses seins dans l'échancrure du pull ; la peau de Kim réagit immédiatement, comme d'habitude, à ses caresses, à la douceur de sa chair, et grande fut alors la tentation de s'allonger là, entre les tombes grises, sous les branches d'un arbre odorant ; les lèvres d'Adrien humidifiaient çà et là tendrement son cou, son épaule, ses tétons, et son sexe se pressait contre son ventre, l'appelant de son chant envoûtant, mais soudain Kim eut peur, et elle se mit à résister. De sentir qu'Adrien à son tour insistait, qu'il l'avait conduite là sciemment, qu'il comptait sur son désir pour la soumettre, tout cela la conforta un peu plus dans son refus : comme il continuait à la serrer et à l'embrasser, elle eut la vision de leurs corps couchés sous les croix, pantelants, indécents, et comme, malgré cela, ou bien à cause de cette image, son excitation montait et qu'elle se sentait toute liquide, en train de fondre dans ce décor funèbre, elle recula brusquement et le gifla. Ce fut la fin de leur histoire.

À Kim succéda Anabelle. Au contraire de sa première histoire d'amour, celle qu'il avait vécue avec Kim ne laissa pas chez Adrien une empreinte aussi indélébile, ni une blessure aussi cuisante. Ce fut donc avec une certaine facilité, sinon avec une totale insouciance, qu'il décida de l'oublier pour repartir en chasse, et poursuivre sa quête du double de Camille : si Kim lui avait été offerte par les mains clémentes du hasard, il débusqua Anabelle à force de recherches et de recoupements, d'analyses et d'observations, de questions et de discussions. Le minitel, cet ancêtre d'Internet, offrait déjà la possibilité de rencontres virtuelles : Adrien eut tout le loisir de connaître Anabelle et ses penchants, bien avant de la voir. Et ce fut seulement quand il eut l'assurance que sa personnalité et son caractère correspondaient en tous points à ce qu'il aimait qu'il accepta de la rencontrer, avec la crainte que son apparence physique ne s'harmonisât pas au reste de sa personne.

Ils se donnèrent rendez-vous sur la place Beaubourg, devant l'entrée principale du Centre Georges Pompidou : Adrien avait prévu d'arriver bien en avance et d'occuper un endroit un peu en hauteur, sur l'une des coursives, afin de voir arriver Anabelle. Ainsi, en cas de trop grande déception, il pourrait se préparer à cette confrontation frustrante, à défaut de pouvoir y échapper, ce qu'il aurait trouvé humiliant autant pour lui que pour elle. La rencontre eut lieu un samedi, et l'exposition temporaire consacrée à Matisse drainait une foule dense et mouvante, qu'Adrien contemplait distraitement du haut de son perchoir, essayant d'identifier parmi les vagues colorées de tissus et de visages les repères que lui avaient donnés Anabelle comme signes de reconnaissance : des cheveux roux écureuil (c'était ses propres mots) longs et bouclés, des ballerines rouges, et, pour plus de fiabilité, la revue *Alternatives théâtrales* qu'elle tiendrait bien en évidence. Il scrutait intensément les dizaines d'individus qui ondulaient sur la place, cherchait une silhouette plus hésitante, épiait les jeunes filles aux longues chevelures, détaillait ce qu'elles tenaient à bout de bras, et cette attente le rendait à la fois fébrile et joyeux.

Quand Anabelle s'engagea sur l'esplanade, il la repéra aussitôt : grande (presque un peu trop à son goût), auréolée d'une toison bouclée qui irradiait dans la lumière automnale, elle avançait à grandes enjambées souples et dansantes. Adrien tenta d'apercevoir le volume de sa poitrine, mais la jeune fille était emmitouflée dans un poncho multicolore qui ne laissait dépasser que ses longues jambes moulées dans des collants de laine noirs. Au fur et à mesure de son approche, il distingua la revue qui dépassait comme prévu de sous son bras, et quand elle fut à l'aplomb de la terrasse où il se tenait, il vit très nettement les taches de rousseur qui parsemaient son visage à la clarté lunaire. Il fut conquis dès cet instant, se remémorant immédiatement Lise, sa cousine, son odeur de caramel et ses éphélides qui pour lui avaient constitué en ce temps la plus belle des parures, et qu'il s'amusait à suivre du bout du doigt en essayant de les compter, ce qui faisait sourire Lise et creusait alors d'adorables fossettes dans ses joues soyeuses et élastiques. Presque en riant, Adrien dévala l'escalator et cueillit Anabelle avant qu'elle ne pénétrât dans le bâtiment de verre et d'acier, constatant qu'elle paraissait moins grande de tout près.

– Anabelle ? Adrien ! Enchanté…

Elle le dévisagea sans vergogne et sourit franchement, tout en lui tendant une main aux longs doigts et aux ongles laqués de vernis noir.

– Enchantée aussi !

– On se fait la bise, non ?

Sans attendre la réponse, il l'avait déjà étreinte légèrement et ils s'embrassèrent rapidement, non sans qu'Adrien eût respiré profondément pour sentir avec curiosité les effluves qui montaient de son cou : patchouli, ambre, vanille, et une fragrance inconnue et légèrement acidulée, qui devait être tout simplement l'odeur de sa peau. Il en profita pour estimer la grosseur de ses seins, contre lesquels son torse s'appuya quelques trop courts instants, mais qui lui parurent de proportions convenables, compte tenu de la minceur de sa propriétaire.

Tout collait. Content de sa découverte, Adrien entreprit donc de séduire Anabelle comme il l'avait fait pour Kim, avançant pas à pas, mais poussant ses avantages avec énergie dès qu'il sentait qu'une faille s'ouvrait. Anabelle, de son côté, se pliait volontiers à cette conquête, jouait parfaitement, en respectant les règles, et elle en initiait également certaines lorsqu'elle jugeait trop rigides celles de son partenaire : elle avait du caractère, et un côté imprévisible qui ravissait Adrien. Leur relation prit vite un tour plus sérieux, Adrien devenait au fil des jours un peu plus amoureux, et sa compagne, flattée et émue, se laissait aimer, puis finit par l'aimer en retour, malgré une certaine réticence qu'elle ne pouvait expliquer. Ils finirent par emménager ensemble dans un petit studio, une chambre de bonne améliorée, dans le onzième arrondissement. Première expérience de cohabitation pour l'un comme pour l'autre, ce nouveau mode de vie les amusa, et ils construisirent leur nid avec fantaisie et beaucoup de passion, essayant de surprendre l'autre à force d'imagination et de trouvailles insolites.

Et une fois de plus, Adrien outrepassa les limites. Un soir où il était rentré bien plus tôt qu'Anabelle, il avait eu l'idée de lui préparer une petite surprise, visant à la mettre dans l'ambiance pour sa prochaine visite au cimetière : en effet, à ce sujet, il avait cette fois progressé tout en douceur, amenant d'abord sa belle à Maisons-Laffitte pour lui montrer le décor de son enfance, les lieux où il avait tapé dans un ballon avec ses camarades, l'école primaire, le bassin où il avait plongé après un pari stupide en plein hiver, et la tombe de sa mère, devant laquelle Anabelle était restée debout sagement, arborant une mine recueillie tout à fait convenable, et sans doute convenue. Aucun geste déplacé de la part d'Adrien n'avait entaché ce moment : il avait juste serré la jeune fille dans ses bras un peu plus longtemps que nécessaire, tout en l'embrassant dans le cou, juste derrière l'oreille, à l'endroit où il savait que l'humidité de sa salive allait déclencher une longue série de frissons, et elle avait alors effleuré de sa main son sexe dur, très brièvement, comme il s'y attendait, avant de lui adresser une petite grimace d'excuse, très attendrissante.

Il comptait bien que la prochaine fois serait la bonne, et qu'il pourrait la coucher entre les morts, pour faire l'amour comme il l'aimait sous les rhododendrons, dans le calme éternel et l'odeur sucrée des bouquets fanés. Ce soir-là, donc, il avait préparé la pièce avec autant de soin qu'un metteur en scène de théâtre.

Quand Anabelle entra, elle fut d'abord surprise par la pénombre profonde, éclairée seulement par des dizaines de bougies posées à terre ou sur les meubles bas. Devant le grand miroir en partie voilé de noir, se dressait une croix en bronze, près de laquelle un bouquet de roses rouges en plastique scintillait bizarrement dans la lumière vacillante des bougies, et Anabelle sursauta légèrement quand elle aperçut dans un angle une réplique presque grandeur nature du personnage féminin des *Noces funèbres*, le film de Tim Burton. Mais jusque-là, elle semblait simplement stupéfaite, et un demi-sourire flottait sur ses lèvres, pendant qu'elle marchait doucement vers le lit, cherchant ce qu'Adrien lui avait concocté d'autre, ne saisissant manifestement pas le pourquoi d'une telle ambiance : alors qu'elle atteignait le matelas où elle discernait la silhouette sombre d'Adrien, sa main entra en contact avec un objet froid et lisse qui semblait ne faire qu'un avec le corps du jeune homme, et en tâtonnant pendant quelques centièmes de seconde, elle eut la confirmation de ce qu'elle avait deviné, elle était en train de caresser un squelette, un putain de squelette, au lieu de la chair tendre de son amant qui s'en était affublé comme d'un costume de scène, et ce fut à ce moment qu'elle se mit à hurler.

## 15

## MARCHER SUR LES NUAGES

Émilien avait quitté la ferme depuis deux ans quand la Compagnie stationna dans le village contigu, celui dont il avait fréquenté l'école pendant quatre années. Il fut particulièrement ému quand la carriole s'arrêta sur la petite place, où il avait joué aux billes et à chat perché avec ses camarades en attendant que le maître ouvrît la porte, là où l'on dressait l'estrade les soirs de 14 Juillet, et où les étals du marché se montaient dès l'aube, tous les dimanches matins. La guerre semblait avoir vidé les lieux, et quand ils arrivèrent pour s'installer, le crépuscule rendait le décor encore plus triste et désert. Émilien n'aimait pas vraiment cet endroit, mais il était tellement fier d'y remettre les pieds en tant que membre de la Compagnie qu'il se sentait tout excité d'être là, comme si son aura toute récente donnait une importance inhabituelle au décor environnant, ou que son énergie nouvelle se propageait aux murs des maisons et au bois des volets, leur octroyant un relief insolite.

Dès le lendemain de leur arrivée, Émilien s'engagea sur le chemin qui menait à la ferme, affichant une mine intrépide malgré l'incertitude qui le tracassait quant à l'accueil qu'il s'apprêtait à recevoir : il ne doutait pas de l'amabilité de sa mère, ni de la joie de ses frères au moment de son retour, mais il était moins certain de l'attitude de son beau-père qui avait sûrement peu apprécié son départ clandestin. Les mains dans les poches, il sifflotait, se répétant mentalement le nom de scène qu'il s'était choisi, et qui figurait sur les affichettes de réclame que la Compagnie distribuait chaque matin et chaque soir dans les rues : Léo Fernel… Ce nom figurait en belles lettres rondes sous son portrait, et il ne cessait de le contempler dès qu'il avait du temps devant lui, bien que cette photographie fût de petite taille et qu'elle soit la dernière de la série représentant tous les membres de leur petite troupe. Un jour, il en était sûr, il aurait une page publicitaire pour lui tout seul, quand il serait capable de constituer à lui seul un tour de chant, au lieu de jouer les bouche-trous et de se plier au bon vouloir du patron. Mais il ne ressentait à ce propos aucune amertume, la vie qu'il menait le comblait trop pour qu'il gâchât son plaisir en ressassant les mauvais côtés de son aventure.

Il approchait maintenant du lieu de son enfance : la ferme lui parut encore plus misérable que le souvenir grisâtre qu'il en avait gardé. En arrière-plan, deux ou trois vaches paissaient dans un pré, et un gamin dégingandé sautillait entre les flaques, un seau à la main : il reconnut le plus jeune de ses frères, et un sourire monta à ses lèvres, qui lui fit accélérer le pas. Le gosse l'aperçut et, après une brève pause et une grimace d'étonnement, il se précipita à sa rencontre, sans lâcher le seau qui bringuebalait contre ses mollets maigres en l'éclaboussant à chaque enjambée.

– Émilien ! Émilien ! tu es revenu ! hurlait-il à s'en faire éclater le gosier.

Même si ce dernier avait eu des réticences à se présenter à la ferme, l'accueil de son petit frère les lui fit oublier, et il ouvrit les bras pour qu'Armand pût lui sauter au cou comme il semblait en avoir l'intention, juste après avoir laissé tomber le seau dans la boue de la cour. À ces cris, leur mère était sortie sur le pas de la porte, et elle contemplait la scène tout en s'essuyant les mains à son tablier sombre, retenant un sourire qu'elle devait juger excessif ou impudique. Enfin, elle fit quelques pas dans leur direction, et Émilien se retourna vers elle : il la dépassait de plus d'une tête maintenant, et il se pencha donc pour lui déposer un baiser sur le front, à la limite de ses cheveux précocement blanchis, retrouvant l'odeur familière de lavande et de vinaigre.

– Maman, dit-il simplement.

– Mon grand, répondit-elle avec plus de tendresse qu'elle n'avait prévu.

Mais elle se reprit très vite et son air un peu revêche se réinstalla sur son visage tout en rondeurs, qu'elle avait de plus en plus de mal à rendre austère.

– Tu en as mis du temps… Tu as faim ?

– Non, merci, j'ai mangé. Tu sais, je suis plus avec le cirque. J'ai pas eu le temps de t'écrire, mais je fais partie d'une troupe, je chante, et je joue la comédie.

Elle le fixa comme s'il lui avait annoncé qu'il avait assassiné quelqu'un, ou qu'il débarquait d'une planète lointaine. Puis, très rapidement, efficace et pragmatique, elle ajouta plus bas :

– Ben pas la peine de dire ça à ton père (elle avait toujours dit «ton père» bien que tous soient au courant qu'Émilien n'avait pas une goutte de sang de celui qui l'avait adopté), ça m'étonnerait que ça lui plaise !

– T'inquiète pas, je dirai rien. Mais tu viendras me voir ?

Berthe haussa les épaules, à la fois tentée et blasée. Les distractions n'étaient pas fréquentes à la ferme, sinon inexistantes, et elle avait bien envie au fond d'elle-même de s'octroyer ce petit plaisir, mais l'incongruité d'un tel souhait l'emportait sur son désir, et elle préféra remettre la question à plus tard. D'un geste ferme, elle poussa Émilien vers la maison et la porte d'entrée, qui ouvrait sur la pièce principale, cuisine sombre où la cheminée couvait un feu blafard et tiède. Rien n'avait changé ici, et Émilien accepta le café réchauffé que sa mère lui tendait en évitant de poser son regard sur ces lieux qu'il revoyait sans émotion.

– Le père est pas parti à la guerre ?

– Non. Trop vieux, heureusement. Et toi tu es trop jeune, Dieu merci !

La discussion n'alla pas plus loin. Une certaine gêne finit même par les gagner l'un et l'autre, et sans la présence d'Armand qui le soulait de questions, Émilien ne se fût pas attardé plus longtemps. Il employa ce temps à aider sa mère pour quelques tâches, tout en répondant aux interrogations de son petit frère : rentrer cinq ou six bûches, remplir des seaux au puits, couper un peu de bois, ces gestes l'occupaient et justifiaient sa venue, tant il demeurait impensable de se tenir dans cette maison en simple visiteur, sans exécuter quelques menues besognes nécessaires à la subsistance de la famille. Au bout d'une heure, il sortit de sa poche deux billets froissés pour la représentation du soir et les posa sur la table.

– Essayez de venir, toi et Armand.

– Oh oui M'man, on ira, hein, on ira ! trépignait le petit en se suspendant au bras de sa mère avec un regard agrandi par l'espoir.

– On verra. Va rentrer les vaches, c'est l'heure !

Il traîna un peu les pieds, mais obéit, comptant bien sur sa docilité pour infléchir la décision maternelle, et Émilien lui ébouriffa les cheveux quand il passa devant lui ; puis le jeune homme embrassa sa mère et repartit vers le village.

Ce soir-là, Berthe n'avait pas assisté au spectacle, mais elle y avait envoyé Armand accompagné de l'aînée de ses sœurs, avec pour consigne de ne surtout pas s'attarder une fois le rideau tombé. Leurs applaudissements et leurs rires avaient comblé Émilien, bien qu'il éprouvât un léger dépit devant l'absence de Berthe. Après la représentation, il les avait accompagnés un bout de chemin, puis il était rentré pour aider les autres à démonter la scène, et dès le lendemain matin la Compagnie reprenait la route.

Léo Fernel continua de se produire sur les planches au gré des déplacements anarchiques de la troupe, puis quand la guerre se termina, il monta son propre tour de chant, comme il en rêvait depuis de longs mois. Il avait rencontré au cours de ses pérégrinations un autre chansonnier, qui écrivait ses textes, et ils décidèrent assez vite de se produire en duo, et de partir ensemble sur les routes pour se faire connaître. Après ces dures années de combat, les populations, tant en ville qu'à la campagne, avaient bien besoin de distractions afin de retrouver un peu de joie de vivre et d'espoir en l'avenir. Les deux artistes étaient prêts à leur en apporter, avec enthousiasme et passion, à travers les chansons qu'ils composaient ou qu'ils interprétaient, et qu'ils accompagnaient au piano : en effet, Dédé le Poète (c'était le nom de scène du comparse d'Émilien) maîtrisait assez bien cet instrument, et il s'employa avec obstination à l'enseigner à son acolyte, qui progressa suffisamment vite pour plaquer quelques accords justes et harmonieux sur les vers de Dédé, quand celui-ci privilégiait les jeux de scène pour faire vivre plus intensément certains de ses textes. Évidemment, le piano, même droit et de dimensions modestes, s'avérait assez encombrant pour compliquer sensiblement leurs déplacements, le problème n'étant pas tant de le transporter pendant les trajets que de le transbahuter sur la scène puis de l'en ôter après chaque spectacle. Mais en dépit de toutes ces manipulations malaisées, Émilien savourait chaque soir la vision de l'estrade avec l'instrument majestueux légèrement de biais dans l'angle gauche, qui lui paraissait donner une dimension plus évidemment artistique à leur représentation, et quand il s'installait sur le petit tabouret rond et posait ses doigts sur le clavier, un long frisson, renouvelé chaque soir, parcourait immanquablement sa colonne vertébrale, de la nuque jusqu'aux reins.

Ils fêtaient leur troisième année de succès quand ils choisirent comme étape un village de Dordogne, région vers laquelle ils s'étaient dirigés après avoir fait une autre halte dans le Berry, au voisinage de la ferme. C'était le printemps 1922, et le climat s'annonçait capricieux et excessif, entraînant des températures extrêmes, des canicules soudaines suivies de chutes de grêle et de vagues de froid, rendant difficiles les représentations en plein air. Une incursion vers le Sud leur permettrait peut-être de bénéficier d'un temps plus clément, sans être obligés de recourir trop régulièrement au bon vouloir de la mairie pour le prêt d'une salle communale, d'un préau d'école ou d'une halle. Le bourg sur lequel ils jetèrent leur dévolu se trouvait en bordure de rivière, et la place de l'église, un peu en amont, offrait un bel espace où monter leur estrade, et devant lequel passaient en outre tous les villageois pour se rendre à l'épicerie-tabac, au lavoir ou à la mairie.

Ils avaient prévu de rester quelque temps, deux ou trois soirs, puis de se rendre à Souillac, une petite ville proche comptant un peu plus de deux mille âmes, où ils escomptaient attirer la population des nombreux petits hameaux des alentours. Mais rien ne se passa comme ils l'avaient envisagé…

# 16
## TU ES LE VENT SOUS MES AILES

Parallèlement à ma relation embrumée avec Adrien, la mise en scène de ma pièce progressait, lentement mais sûrement. Laure affirmait que personne ne se doutait de la nature de ce qui nous liait lui et moi, mais j'en étais de moins en moins persuadée, pour avoir surpris des regards appuyés de Daniel ou des ricanements assez peu discrets de la part de Charlotte2 à l'occasion de remarques que j'adressais à Adrien sur son jeu, alors que je prenais pourtant bien garde à conserver mes distances. Quant à lui, son talent de comédien prenait dans ces moments-là toute son ampleur, tant il adoptait en ces circonstances une attitude d'une neutralité parfaite, que même un témoin averti aurait pu croire sincère et authentique. Même Laure se crut obligée de me demander un soir : « Il y a un problème entre toi et Adrien ? »

– Un problème ?

– Oui, enfin de l'eau dans le gaz, quelque chose comme ça… Vous vous êtes disputés ?

– Pas du tout !

– Il est d'une froideur avec toi, c'est incroyable.

– Il se contente de suivre mes consignes : que personne ici ne puisse soupçonner notre liaison.

Laure eut un haussement d'épaules résigné :

– Enfin Clarisse, ça fait six mois maintenant, tu pourrais lâcher un peu de lest, tout le monde s'en fout !

– Non ! Pas d'interférences, c'est mieux.

En réalité, je ne m'expliquais pas bien mon obstination à tenir secrète cette relation, alors qu'elle occupait dans ma vie une place de plus en plus importante, et qu'Adrien n'aurait vu aucune objection à ce que nous nous exposions à la face du monde, en tout cas à celle de nos comparses du théâtre, de mes amis et des siens. J'évitais par ailleurs de creuser la question, refusant de fouiller plus avant dans les arcanes de mes amours passées et présentes, mais je ne pouvais que constater l'étrange impression qui me collait à l'esprit concernant mon amour pour Adrien (car j'étais réellement et profondément amoureuse) : un malaise diffus et irraisonné planait sur cet amour, une ombre impalpable, un fantôme glissant parfois entre nous tel un hologramme subtil, dont je ne parvenais pas à dire s'il était bénéfique ou délétère, et que je préférais ignorer faute de pouvoir le chasser.

Adrien, de son côté, ne semblait pas avoir perçu mon désarroi intermittent, et je n'avais strictement rien à lui reprocher. D'ailleurs, cette quasi-perfection de son comportement n'était sans doute pas sans rapport avec ma sensation d'étrangeté. J'avais bien cru saisir une faille le jour où je lui avais demandé, au bout de deux mois pendant lesquels nous ne rencontrions que chez moi ou dans des endroits publics, s'il avait l'intention de me faire découvrir son antre secret, et où il avait manifesté une réticence évidente : qu'avait-il à cacher ? Était-il si transparent qu'il voulait le laisser croire ? Mais, dès la semaine suivante, après une répétition particulièrement fatigante au cours de laquelle j'avais épuisé toutes mes ressources de diplomatie et de patience (qui, je le reconnaissais volontiers, n'étaient pas immenses) auprès de Charlotte2, il m'emmena dans un quartier où nous n'allions jamais, refusant de m'éclairer sur notre destination. J'imaginais un restaurant qu'il avait déniché dans un lieu improbable, comme cela lui arrivait de temps en temps, et j'essayais de faire bonne figure, car je me sentais trop fatiguée pour avoir envie d'autre chose que de m'écrouler au fond d'un canapé en envoyant valdinguer mes ballerines. À la sortie du métro, station Commerce, je le suivis docilement dans une rue animée du XVe arrondissement, me préparant mentalement à pénétrer dans un petit établissement à l'allure banale, mais qui recèlerait sûrement des trésors gustatifs, quand je remarquai le nom de la rue sur sa plaque bleu nuit : rue du Théâtre. Aucun restaurant en vue dans les parages. Des immeubles récents côtoyant des constructions plus anciennes, le tout assez cossu, mais sans aucune ostentation bourgeoise, séparés par quelques commerces tous fermés à cette heure de la soirée.

Je ne posai aucune question et m'appliquai à mettre mes pas dans ceux d'Adrien, qui me tenait les épaules et me poussait doucement, mais fermement en avant : il ouvrit une porte cochère peinte en bleu turquoise et me fit entrer dans un ascenseur à l'ancienne, avec des grilles qui grinçaient quand on les écartait, appuya sur un bouton digital (la nostalgie avait ses limites technologiques) et la cabine s'éleva vers le cinquième étage dans un ronflement sourd de machinerie mal huilée. Du coin de l'œil, je surpris son regard qui guettait ma réaction, avec un air de gosse malicieux et impatient, et je me retins pour ne pas sourire afin de garder une mine suffisamment étonnée pour le satisfaire, mais je commençais à comprendre où il m'emmenait.

J'en eus la confirmation quand il extirpa du fond de sa poche une clé unique, plate, couleur cuivre, et qu'il la fit tourner dans la serrure de la porte devant laquelle nous arrêta l'ascenseur : une fois le battant repoussé, il s'écarta, et dit, avec un sérieux que démentait la lueur espiègle de son regard :

– Je te porte comme une mariée, je te bande les yeux, ou tu optes pour le conventionnel ?

– Dois-je en conclure que tu m'invites chez toi ?

– Oui, tu as l'insigne privilège de pénétrer chez Adrien Sifantus ! Après toi…

Je fis donc un pas en avant et il appuya sur l'interrupteur : je ne sais pas à quoi je m'étais attendue, à un décor insolite et fantaisiste, à des objets abracadabrants, à un mobilier exotique, à des couleurs chatoyantes, à des reflets fidèles à sa personnalité si spéciale, et je restai sans voix devant la banalité de l'endroit. Nous nous trouvions dans un petit deux pièces à la disposition classique, sous la lumière crue d'un plafonnier de chez Ikéa : cuisine et salon à droite, salle de bains et chambre à gauche, murs blancs, carrelage gris, quelques reproductions aux murs, surtout des photos, la plupart impersonnelles (des vues de Paris en noir et blanc, des galets et des bambous en gros plan), et un mobilier d'assez bon goût, mais sans âme. Déstabilisée, je m'efforçai de cacher mon malaise et me laissai tomber au fond du canapé rouge (le seul meuble remarquable du lieu) et ôtai mes ballerines.

– Tu es déçue ?

Je pensai « Arrête de lire ainsi en moi ! » et j'eus un rire un peu forcé avant de répondre :

– Un peu… J'imaginais un lieu plus original, tu vois, un peu comme la villa au bord de l'océan dans *The Ghost Writer*, du verre et de l'acier au milieu de grands espaces gris et sauvages… Ou une cabane dans les arbres peut-être…

– Hum… Et pourquoi pas un palais des Mille et une nuits ou une pagode au milieu d'un jardin zen ? Ne m'attribuerais-tu pas des pouvoirs que je suis loin de posséder ? Je ne suis qu'un pauvre petit comédien parisien et je fais ce que je peux pour être à la hauteur de la femme de ma vie, qui est autrement plus charismatique que moi… (Il m'enlaça en prononçant ces mots) Les travaux sont finis depuis peu et je n'ai pas encore eu le temps de vraiment m'installer, c'est tout…

Je me contentai donc de cette explication : après tout, que m'importait le décor et les goûts d'Adrien concernant les rideaux et les équipements ménagers, tant qu'il continuait à m'entourer de sa tendresse, à me traiter comme une princesse, à frotter sa peau contre la mienne, à me suivre de son regard énigmatique de chat birman… Ce soir-là, je l'attirais donc sur le canapé rouge et j'oubliais les tapisseries, peintures et autres ornements, pour leur préférer sa chair si douce à caresser : sauf, comme de coutume, quand mes yeux se posèrent sur le tatouage qu'il avait sur le flanc droit, dépassant entre son jean et le pull que j'avais relevé…

Ce tatouage, dès lors que je l'avais découvert, avait aussitôt provoqué un malaise en moi, et je ne parvenais pas à déterminer si la cause en était le dessin lui-même ou bien la signification que l'on pouvait lui accoler. Il s'agissait d'une croix chrétienne d'une dizaine de centimètres, à l'intérieur de laquelle se trouvaient deux dates, dont il m'avait expliqué qu'elles correspondaient à la naissance et à la mort de sa mère. Outre mon paganisme, qu'une telle démonstration de foi dérangeait sans doute, être confrontée à la présence virtuelle de sa mère morte à chaque fois que je m'apprêtais à faire l'amour avec Adrien ne laissait pas de me contrarier, et j'avais beau reconnaître la finesse des lignes entrecroisées et comprendre qu'il avait eu à une époque besoin de graver dans sa peau une trace de sa mère trop tôt disparue, je ne m'étais pas habituée à cette décoration morbide.

Ce fut également ce soir-là, pourtant, presque tout de suite après que ma main eut glissé furtivement sur la croix maléfique, qu'il me fit une de ses plus jolies déclarations, spécialité pour laquelle il se montrait généralement d'une compétence largement au-dessus de la moyenne. Les textes dramatiques qu'il apprenait pour le théâtre devaient y être pour quelque chose, source inépuisable de belles paroles et de mots d'amour, mais il possédait aussi un pouvoir d'invention hors du commun, et il me surprenait la plupart du temps par la pertinence de ses aphorismes tout autant que par son sens du moment juste. Cette fois, le canapé rouge nous accueillait avec bienveillance, et je venais de lui murmurer quelques propos réconfortants :

– C'est très bien comme ça… On est très bien ici, chez toi… Et puis la rue du Théâtre, c'est juste ce qu'il nous faut…

– Je sais que tu ne le penses pas vraiment, mais je m'en fiche, ce n'est pas le décor qui compte.

– Non, tu as raison, ce qui compte c'est toi, c'est moi, c'est qu'on soit là ensemble…

Mais au moment où la conversation prenait un tour décidément très banal et presque ridiculement sentimental, Adrien s'accrocha à moi comme un noyé à une bouée de sauvetage, et je le sentis presque trembler, collé contre mon corps sans que l'on n'eût pu glisser une feuille de papier entre nous, et je l'entendis dire avec une sorte de sanglot dans la voix : « Surtout ne pars pas, Clarissa, ne pars jamais, tu es le vent sous mes ailes. »

## 17
## PETITE ÉTINCELLE ENGENDRE GRAND FEU

Anabelle déménagea dès le lendemain matin, après être allée finir sa nuit sur le canapé d'une amie, qui l'aida aussi à remplir et transporter quelques cartons où elle entassa les bricoles auxquelles elle tenait. Pendant qu'elle s'affairait dans le petit appartement, sous les yeux vigilants de sa camarade providentielle, Adrien n'essaya même pas de la retenir, non qu'il n'éprouvât soudain plus rien pour la jeune fille, mais il avait bien compris que des limites avaient été atteintes pour elle, alors que de son côté il ne pouvait que les repousser encore et encore, sans savoir précisément jusqu'où il était prêt à aller, ni d'ailleurs pourquoi il choisissait ce chemin-là : il avait conscience de se tenir sur le fil ténu entre deux mondes, de frôler parfois la déraison, de jouer avec d'étranges chimères, mais il se sentait maître de ce jeu et rien ne lui échappait, puisque justement ces voyages répétés au voisinage des fantômes lui permettaient de ne pas devenir fou, de rester en contact avec l'ancien sentiment de réconfort que lui avait apporté sa cousine, et plus loin encore, avec la tendresse prodiguée par sa mère au cours de ses sept premières années.

Pourtant, le départ d'Anabelle le laissa en proie à un profond désarroi, d'autant plus intense qu'il ne s'y était pas préparé, persuadé qu'il était de ne pas aimer réellement, durablement, cette fille qui n'avait pas eu la témérité (l'inconscience ?) de l'accepter tel qu'il était. Elle n'avait posé aucune question, n'avait pas cherché à comprendre, et au fond cette indifférence le blessait bien plus que son départ. À l'avenir, il lui faudrait ajouter ce critère à sa liste des qualités exigées pour ses futures conquêtes : un minimum de curiosité à son égard. Mais les semaines passèrent sans qu'Adrien ne se remît en chasse, comme s'il eût abandonné l'espoir de dénicher la perle rare, la réincarnation rousse et diaphane de Lise, l'avatar aimant de sa mère morte.

Au début, il continua de se rendre à ses répétitions de théâtre (il avait intégré un cours assez connu sur la place de Paris, où il se distinguait régulièrement, obtenant ainsi de petits ou moyens rôles pour des pièces jouées dans des salles bien fréquentées), se limitant à cette unique sortie quotidienne et se terrant le reste du temps dans sa studette du onzième arrondissement, sous les toits : il passait énormément de temps à la petite fenêtre de ce sixième étage, devant la mer grise des couvertures de zinc, qui cascadait sous ses yeux et reflétait le ciel plombé, dominant ainsi Paris comme un capitaine à la proue de son navire, avec dans les oreilles une sonate de Bach ou un vieux standard de jazz. Puis il n'alla plus au théâtre, négligeant de répondre au téléphone, et ignorant les coups répétés à sa porte, se contentant de faire quelques passages éclair à la supérette du boulevard pour emplir les deux minuscules étagères de son réfrigérateur…

D'un seul coup, un matin, il saisit toute l'étendue de son déses-
poir, qui jusque-là s'était emparé de lui de façon insidieuse, et qui
brutalement lui sautait à la gorge, sans prévenir, le laissant pante-
lant et désorienté, aucune solution ne se présentait à lui pour faire
face à cette angoisse violente, le précipice s'ouvrait sous ses pieds
et la chute était inévitable, mais il ne voulait pas, il ne pouvait pas
tomber, pas maintenant, le plus gros du chemin était fait... Dans
un état second, Adrien avala une boîte de somnifères qu'il avait
achetés des mois auparavant, il les fit passer avec plusieurs verres
d'alcool, et, pour faire bonne mesure, il ouvrit à fond les brûleurs
de la petite gazinière après avoir calfeutré la fenêtre qui ouvrait
sur la houle parisienne.

Hasard heureux, coïncidence stupéfiante ? Ce jour-là, un de
ses amis comédiens vint pour déposer le manuscrit d'une pièce
qu'ils devaient travailler ensemble. Dans un même mouvement,
il frappa deux coups brefs puis tourna la poignée, connaissant
suffisamment Adrien pour savoir qu'il ne s'enfermait pas chez
lui à double tour... L'odeur le saisit immédiatement à la gorge,
et presque en même temps il eut la vision brutale et pourtant
étrangement sereine du corps d'Adrien, étendu sur son matelas
recouvert d'une tenture indienne vert émeraude, Adrien les yeux
clos et le visage pâle, Adrien les mains jointes sur la poitrine tel
un gisant, dans une mise en scène soigneuse et ultra réaliste, et
il nota aussitôt le verre d'alcool posé près du lit et la boîte vide
avec les blisters dépouillés de leur contenu. Il jeta le manuscrit
sur la table, ouvrit une fenêtre et redescendit quatre à quatre les
escaliers pour se précipiter dans la loge de la concierge six étages
plus bas, et lui demander de composer le numéro de téléphone
des urgences.

Transporté à l'hôpital dès l'arrivée des secours, Adrien échappa ainsi à la mort grâce à sa passion pour le théâtre, et à l'obstination d'un de ses compagnons de scène (qui d'ailleurs tomba dans les pommes dès que la civière chargée du grand corps inerte de son ami fut embarquée par les pompiers). Il y subit un lavage d'estomac et on lui injecta quelque cocktail calmant, avant de lui programmer une séance avec un psychiatre pour le surlendemain, et on lui demanda à son réveil si un membre de sa famille devait être prévenu. À cette question, Adrien eut la tentation de répondre par la négative : il ne souhaitait surtout pas que son père fût mis au courant de son acte, qui ne ferait que renforcer la piètre considération qu'il avait pour son benjamin, mais d'un autre côté, sa solitude ne lui avait jamais autant pesé qu'à ce jour, couché entre les draps au sigle de l'Assistance publique, et il finit par se résigner à donner le numéro de téléphone d'un de ses frères. Ceci accompli, il se laissa porter par les évènements.

Ce fut d'abord l'entretien avec le psychiatre, après quarante-huit heures de demi-sommeil, bercé par les flots lourds des médicaments qu'on lui avait fait absorber : le médecin incarnait son rôle avec une perfection qui frôlait la caricature… Barbichette à la Freud, chevelure clairsemée et lunettes à monture d'écaille, il observa d'entrée Adrien avec des prunelles perçantes aux reflets métalliques, avant de s'emparer avec un geste saccadé du stylo qui décorait la poche de poitrine de sa blouse blanche, qu'il portait ouverte sur un pantalon de velours côtelé et un pull irlandais à grosses mailles d'une couleur indéfinissable.

– Alors, jeune homme, comment vous sentez-vous, à nouveau parmi nous ?

Malgré le silence d'Adrien, qui se prolongea une longue minute, l'homme de l'art ne prononça pas un mot de plus. Quand Adrien se décida à construire quelques phrases, vaincu par le silence pesant, l'autre se contenta de borborygmes approbateurs ou sceptiques, ponctuant les mots hésitants de son patient de hochements de tête intermittents, et de moues intéressées ou désabusées, seuls signes qu'il écoutait et comprenait les propos décousus qu'Adrien s'efforçait d'ordonner autant pour lui-même que pour satisfaire à la demande du corps médical. Il obtint d'ailleurs un bien piètre résultat, car il ne parvint ni à expliquer vraiment son geste, ni à affirmer qu'il ne regrettait pas d'y avoir échoué, ni même à se projeter un tant soit peu dans l'avenir brouillé qui semblait s'offrir à lui. Néanmoins, cet état de fait ne parut pas déranger outre mesure le sosie du Dr Freud, et ce dernier clôtura l'entretien par une puissante exclamation (« Parfait ! ») qui laissait supposer que les choses se déroulaient selon un ordre tout à fait convenable.

À l'étape suivante, l'aîné de ses frères vint chercher Adrien à l'heure et au jour convenus avec le personnel hospitalier : après une brève accolade, il le conduisit à travers les couloirs jusqu'au parking des visiteurs et le fit monter dans une voiture noire, un coupé sport aux sièges en cuir et à la ligne aérodynamique, qu'il démarra sans avoir ouvert la bouche, pendant qu'Adrien s'appuyait contre le dossier et fermait les yeux. Ils roulaient déjà sur l'autoroute à la sortie de Paris quand Philippe dit :

– J'ai pris ma journée, je t'emmène chez Mamie Louise, tu vas te reposer là-bas quelque temps.

Et, comme Adrien demeurait muet, son frère ajouta :

– Elle est contente de te voir, et toi, ça te fera du bien.

Ils n'échangèrent pas un mot de plus.

Mamie Louise vivait dans une vieille demeure dans une petite ville du Lot : c'était là que les grands-parents d'Adrien avaient émigré après la vente du « château » à l'époque de la guerre, dans une bourgade paisible du Quercy entourée de nature qui, bien que fort différente de la campagne berrichonne, avec ses chênes verts et ses noyers, et la Dordogne qui coulait paresseusement entre les falaises, constituait un havre séduisant pour se consoler de quitter leur territoire. Veuve maintenant depuis des années, Mamie Louise vénérait le souvenir de feu son mari, auquel elle avait été en apparence soumise, mais sur qui elle avait exercé en douce une ascendance certaine : elle était l'illustration parfaite de la « main de fer dans un gant de velours ». Sa solitude ne semblait pas aujourd'hui trop lui peser, et elle n'aurait pour rien au monde voulu quitter la maison où elle avait partagé les dernières années de vie de son époux : une maison biscornue et mal agencée, difficile à chauffer, hérissée de clochetons et percée de fenêtres à petits carreaux qui assombrissaient les pièces, mais dotée d'un charme désuet, et flanquée d'un jardin de curé ceint de hauts murs où poussaient des pommiers et des lilas, ainsi qu'un minuscule potager que la vieille dame entretenait contre vents et marées, quand ses rhumatismes ne la faisaient pas trop souffrir.

À leur arrivée, elle avait déjà préparé la chambre d'Adrien, avec l'aide de Lisette, une femme qui l'aidait à son ménage et l'accompagnait pour ses courses (Mamie Louise conduisait toujours son antique 4L rouge, mais elle ne parvenait plus à charger ni à décharger les sacs de commissions, les packs de lait et les bouteilles d'Évian dont elle faisait grande consommation).

– Je t'ai mis dans la petite chambre bleue, annonça-t-elle à Adrien en l'embrassant, comme quand tu étais petit.

Il était inutile de discuter, mais Adrien n'en avait de toute façon aucune envie : il considérait la chambre bleue comme un excellent choix, avec vue sur la rivière et salle de bains personnelle, ce qui lui convenait parfaitement. Philippe, après un déjeuner rapide et un café, et malgré les cinq heures de route, repartit pour Paris et ses occupations professionnelles (Adrien n'aurait pas su dire, même sous la torture, quel était le métier exact de son frère, une activité dans les assurances, ou peut-être dans la finance, quelque chose de très sérieux et de très ennuyeux, un peu mystérieux aussi pour lui qui ne connaissait pas grand-chose à ce monde des affaires), et Adrien se retrouva seul avec sa grand-mère, dans cette maison aux allures de manoir hanté, avec la lumière grisâtre du ciel qui pesait sur le jardin et sur les champs alentours.

Étonnamment, cette atmosphère figée dans l'attente, ce rythme régulier et monotone de montre suisse, la compagnie furtive et un peu empesée de Mamie Louise, les napperons de dentelle et le journal télévisé de vingt heures, la soupe du soir et les tartines grillées recouvertes de confiture de myrtilles du petit-déjeuner, la promenade quotidienne dans les sentiers bordés de ronces, toute cette accumulation de minuscules contraintes assemblées avec une espèce d'harmonie secrète le soulagea de ses tourments. Dès le second jour, Adrien fut emporté dans le courant des habitudes de la vieille dame, et pris en charge comme un bouchon emporté par un ruisseau de montagne. Il eut aussi de longues conversations avec sa grand-mère, ils feuilletèrent ensemble les vieux albums de photographies, dénichèrent des lettres anciennes dont ils essayèrent de déchiffrer les mots malgré l'encre passée, se penchèrent sur les aïeux connus et mal connus, évoquèrent sa mère, Anne Sifantus née Joubert, et des anecdotes qu'Adrien ignorait pour la plupart. Chaque soir, allongé dans le lit moelleux de la petite chambre bleue, sous l'édredon en plumes qui venait de la belle-mère de Mamie Louise, Adrien songeait en cherchant le sommeil à ce hasard étrange qui l'avait amené là, dans ce lieu improbable où cependant il se sentait à la place exacte qu'il devait occuper à ce moment précis.

# 18
## QUAND IL FAUT RENONCER À SES RÊVES
## POUR EN RÉALISER D'AUTRES

À l'issue de leur première représentation dans le village, abritée sous le préau de l'école en prévision d'une averse qui menaçait, Émilien remarqua une jeune fille dont la vue lui fit aussitôt battre le cœur. Au cours de ses pérégrinations avec son nouveau compagnon, il avait bien eu quelques aventures avec des filles de passage, des spectatrices sous le charme qui lui lançaient des œillades suggestives pour finir par le suivre, ou parfois même le précéder, dans les fenils surchauffés ou dans les hangars obscurs, dans des chambres d'hôtels mal famés ou dans celles plus cossues de maisons bourgeoises dont les époux étaient absents. Émilien n'était plus depuis longtemps le jeune puceau effarouché qui s'émouvait à la simple vision d'une gorge à demi découverte, mais il demeurait cependant toujours sensible aux atouts féminins, aux peaux douces et parfumées, aux regards languides et aux mains qui volaient comme des papillons apeurés.

Pourtant, cette fois-là, l'émotion qui s'empara de lui éveilla des sensations différentes, bien loin d'un simple appétit sensuel : même si la gourmandise charnelle n'en était pas totalement absente, il y avait dans cet engouement soudain une dimension inhabituelle, qu'il aurait été bien en peine de décrire, mais qui, incontestablement, le chamboula et lui fit presque perdre ses moyens. Lui qui comptait à ce jour toute une panoplie de techniques d'approche envers la gent féminine se trouva subitement démuni, ne devinant pas dans les ressources à sa disposition le comportement adéquat pour cette jeune fille-là : sous ses airs timides, elle lui semblait cependant dissimuler une audace ténue, qui transparaissait dans ses prunelles noisette. À plusieurs reprises, elle le dévisagea ouvertement, avec un regard franc, mais sans aucune forfanterie ni vulgarité. Une dame plus âgée, qui devait être sa mère, ne la quittait pas d'une semelle, et Émilien songea à aborder celle-ci en premier lieu, comme le lui avait jadis conseillé son mentor de la Compagnie, l'irrésistible Beau Gosse. Mais la femme s'avérait assez intimidante, malgré une taille relativement petite et une silhouette menue, elle possédait des yeux d'un bleu magnétique qui transperçaient ceux sur qui ils se posaient, provoquant chez Émilien une timidité dont il n'était pas coutumier.

À l'attaque frontale, il préféra donc une autre tactique, et, quand la foule des spectateurs commença de se disperser, il guetta les mouvements de la jeune fille, qui visiblement s'apprêtait à quitter les lieux en compagnie de sa mère, et d'autres demoiselles avec qui elle avait bavardé auparavant, sœurs ou cousines ayant aussi assisté au spectacle. En effet, le petit groupe commençait à s'éloigner sur la route qui sortait du village pour monter vers les hameaux environnants, et Émilien se décida brusquement : il prévint son compère qu'il lui faussait compagnie pour une heure ou deux et qu'il reviendrait le plus rapidement possible pour l'aider au rangement (aucun démontage n'était nécessaire puisqu'ils devaient rejouer le lendemain). On avait mis à leur disposition pour la nuit une petite pièce de l'école et deux lits de camp, un confort dont ils n'avaient pas l'habitude, et Dédé le Poète lui promit de laisser la porte ouverte pour son retour, même tardif.

Laissant à la petite troupe des femmes une belle avance, Émilien leur emboîta le pas dès qu'il fut certain de ne pouvoir être repéré dans la nuit noire, se fiant à la clarté pâle des toilettes printanières des jeunes filles, ondoyant dans l'obscurité tels des fantômes amicaux. Il n'avait aucun plan en tête, mais pour le moment il songeait uniquement à ne pas perdre de vue la fille aux yeux noisette, et tout son corps se tenait aux aguets, dans une fièvre à la fois douce et impétueuse. L'air mouillé venait ajouter ses parfums à son excitation, et les rumeurs des rires et des voix qui fusaient vers lui, portées par la brise nocturne, achevaient de le rendre fébrile et presque tremblant. À une croisée de chemins, le groupe se scinda en deux, et la jeune fille et sa mère se retrouvèrent seules à grimper le raidillon qui s'enfonçait maintenant entre des arbres plus touffus, où la nuit parut soudain bien plus sombre. Plus personne ne parlait, et le hululement d'une chouette se répercuta longtemps contre le moelleux du ciel. Émilien prit garde à ne faire aucun bruit, les yeux toujours fixés sur les robes claires qui dansaient quelques mètres devant lui. Enfin, une barrière fut poussée, une chandelle allumée, et les deux femmes pénétrèrent dans une petite maison basse au toit très pentu, où la cheminée fumait doucement, laissant échapper une fumée légère à peine courbée par le souffle d'un vent odorant : il vit leurs ombres s'agiter un moment derrière les carreaux, et il se sentit assez soudainement un peu gêné de les épier à leur insu, puis la lumière s'éteignit et la nuit fut à nouveau tout à fait noire.

Émilien demeura deux ou trois minutes debout contre un tronc d'arbre, un noyer lui semblait-il, happé tout entier par les effluves de la nuit, bercé par les bruits furtifs qui montaient des herbes et des buissons, et ses yeux discernaient de plus en plus de détails : le banc de pierre à gauche de la porte, la margelle d'un puits au fond de la cour, trois fenêtres dans le toit, une glycine qui s'enchevêtrait à une tonnelle appuyée sur le flanc de la petite maison. Il reviendrait. Sur cette résolution qu'il venait de prendre en silence, il se détourna et reprit le chemin qui descendait au village.

Ainsi commença son histoire d'amour avec Juliette. Dès le lendemain, bien entendu, il s'était présenté au petit portillon de bois peint en vert, avait appelé, et avait plaidé sa cause sans effronterie, mais avec un certain aplomb auprès de la dame aux yeux perçants, qui avait fini par sourire devant tant d'obstination : elle lui donna l'autorisation de fréquenter sa fille tant qu'il resterait au village, à condition qu'elle eût toujours un œil sur eux, et qu'il ne manquât pas de respect à la demoiselle. Il le lui promit. Évidemment, Juliette n'avait pas été consultée, mais Émilien n'eut pas besoin de son avis quand il surprit son sourire radieux et vainqueur derrière les carreaux étincelants de propreté de la fenêtre de la cuisine.

S'instaura alors une idylle comme il en existait tant, tout en piétinements et effleurements timides, auxquels succédaient des emportements fougueux dès que l'occasion se présentait, que ce fût une absence temporaire et furtive du chaperon, ou un coin de verdure qui dissimulait le couple, ou encore une courte promenade dans le village, sans surveillance. Les liens se resserraient, le désir montait, les deux presque amants bouillonnaient de tant d'attente. Avec l'assentiment de Dédé le Poète, les deux artistes limitèrent leur tournée de printemps à la région, et bientôt ils connurent par cœur tous les hameaux et tous les bourgs à vingt kilomètres à la ronde.

Juliette était la troisième d'une fratrie de quatre enfants, deux filles et deux garçons. Dès le premier soir, elle avait succombé aux charmes du bel Émilien, et quand il avait entonné *Frou-frou*, elle n'avait plus cherché à résister : ce serait lui et pas un autre. Après le spectacle, dans son col roulé clair, avec sa mèche sur l'œil et ses dents éclatantes, il lui avait paru aussi beau qu'un ange descendu du ciel. Qu'il s'intéressât à elle les jours suivants, qu'il vînt s'entretenir avec sa mère, qu'elle eût la permission de sortir avec lui, elle devait encore se pincer chaque matin en s'éveillant pour y croire tout à fait, tant cette situation lui avait semblé a priori improbable, elle la petite paysanne de dix-huit ans à peine, et lui le beau jeune homme, l'artiste mûr et viril qui avait roulé sa bosse et traversé l'hexagone dans tous les sens. Devant un émerveillement si naïf, sa mère, femme avisée et raisonnable, lui avait cité ce proverbe qu'elle se souvenait avoir copié de sa plus belle écriture sur son cahier d'écolière : « Pierre qui roule n'amasse pas mousse. »

Mais Juliette n'avait que faire des pierres qui roulaient, de la mousse qu'elles n'amassaient pas et des judicieux conseils maternels. Elle marchait sur un nuage, et le bel Émilien possédait pour elle toutes les qualités. Au demeurant, personne ne pouvait lui reprocher quoi que ce fût, et même Jules, le père, l'observait avec bienveillance quand il passait une heure ou deux à la maison, aidant au jardin ou portant le baquet de linge que Juliette étendait sur les cordes.

L'été était déjà bien avancé quand Dédé suggéra à son compère qu'ils devaient reprendre la route, ayant écumé tous les lieux possibles autour de Souillac, à tel point que de parfaits inconnus les saluaient dans la rue quand ils faisaient leurs provisions en ville ou sur les marchés… Réaliste, Émilien ne pouvait pas repousser plus longtemps leur départ. Mais il ne pouvait pas non plus quitter Juliette, renoncer à cet amour qui venait combler toutes ces tranchées qu'il avait dans le cœur : outre la jeune fille, il sentait bien qu'il avait trouvé là une famille, des gens simples et sensés prêts à lui donner leur affection dès lors qu'il prendrait soin de leur fille. Longtemps, pendant ces nuits de juin, il retourna le problème dans tous les sens, cherchant en vain le sommeil, et la conclusion finit par s'imposer d'elle-même : il devait épouser Juliette. Après tout, c'était bien là la solution à laquelle aboutissaient la plupart des jeunes gens dans sa situation, le mariage était bien fait pour ça, réunir deux destinées qui au départ n'avaient rien en commun et soudain se confondaient inéluctablement, sans que rien ni personne ne pût l'empêcher.

Sa décision prise, il ne lui restait plus qu'à effectuer une démarche obligée : demander la main de Juliette à ses parents. Et il savait bien que cette formalité ne coulait pas de source, qu'elle devait obéir à certaines règles qui, pour être un peu désuètes et ridicules, ne s'en avéraient pas moins nécessaires, et qu'il ne songeait nullement à y déroger, autant par respect que par conviction. Au tout début du mois de juillet, il sollicita donc une entrevue avec les parents de la jeune fille, ayant obtenu de Dédé qu'il reculât encore de quelques jours la date de leur départ, tant qu'il ne serait pas fixé sur l'issue de sa discussion. Il se présenta donc en début d'après-midi à la barrière de la petite maison, vêtu de sa meilleure chemise et d'une veste sombre qui lui chauffait le dos au soleil, et fit sonner la cloche avant d'entrer dans la cour, comme chacun en avait l'habitude ici. La mère sortit pour l'accueillir, en détachant le tablier qui lui ceignait les hanches, et lui fit signe de rejoindre le père à la table de la cuisine, dans la pièce fraîche et un peu obscure à cause des volets à demi fermés et des murs épais. Juliette ne se trouvait pas dans la pièce, et il s'installa sur une chaise, devant la tasse qui avait été préparée, et qu'on lui remplit aussitôt de café chaud. Il nota que des verres à liqueur étaient sortis, posés près d'une bouteille de goutte, de la prune sans doute, spécialité du coin, et il se demanda si c'était de bon augure. Jules lui adressa une amorce de sourire :

– Alors ? Que nous vaut l'honneur…. ?

Émilien lui sut gré d'entamer le dialogue, mais sa voix trébucha tout de même un peu quand il commença de répondre.

– Je vous remercie de me recevoir chez vous, une fois de plus. Vous avez été très accueillants, et ça m'a fait grand plaisir.

Il se racla la gorge avant de continuer, tant qu'il s'en sentait encore le courage :

– Je suis venue aujourd'hui vous demander la main de votre fille.

Voilà, c'était dit, plus moyen de revenir en arrière, il avait la sensation d'avoir plongé au fond d'une rivière glacée, et, après le choc du contact avec l'onde froide, il goûtait maintenant la caresse voluptueuse du courant qui enveloppait son corps, immobile et calme.

– Ma fille ? Mais laquelle ? Margot ?

La question fouetta Émilien comme une algue aux milles tentacules et il lança aussitôt : «Non, Juliette !» et ce ne fut que lorsque le rire bref du père jaillit, espiègle et vite réprimé, qu'il comprit que ce dernier plaisantait, à sa façon bourrue et un peu brusque.

– Moi, je n'y vois pas d'inconvénient, mon garçon. Mais…

– Mais il y aura une condition pour que ce soit possible, intervint alors la mère, qui jusque-là était restée parfaitement muette, en retrait et d'une discrétion exemplaire.

Elle échangea un long regard avec Émilien avant de prononcer d'autres paroles, et il eut l'impression étrange qu'elle sondait les profondeurs de son cerveau, de ses pupilles noires plantées comme des diamants au centre des iris bleu pâle, et il resta lui aussi sans voix, attendant la fin de cet examen et la suite de son discours, presque tétanisé, tel un lapin pris à la gorge par un renard. Le père patientait aussi, buvant son café à petites gorgées bruyantes, laissant sa femme décider de la suite à donner, confiant et serein. Elle vint s'asseoir à côté d'eux et mit posément ses mains sur la table, des mains rougies par les travaux quotidiens, mais encore belles et émouvantes, les doigts abandonnés dans une posture sans défense, sans agressivité non plus, qui disaient combien elle était sincère en cet instant, mais aussi déterminée et sûre d'elle.

– Je crois que tu es un bon gars et que tu aimes Juliette, ajouta-t-elle d'une voix douce, mais qui ne donnait pas envie de répliquer. Je vois bien comme tu la regardes. Mais il faut aussi que tu la rendes heureuse, que tu lui offres une bonne vie.

Elle marqua une pause pendant laquelle Émilien suspendit son souffle, essayant d'imaginer ce qui allait suivre, et quelles seraient les exigences qu'on lui imposerait pour pouvoir épouser la femme qu'il aimait. Non qu'il envisageât de ne pas s'y plier, mais il détestait cette attente insupportable où il s'enlisait sans pouvoir agir : il cessa de respirer tant que dura le silence, comme si de cette façon le temps pût être annulé, décompté de la marche des heures, ne laissant aucune trace en lui ni autour de lui, effacé du monde. Puis Marie reprit :

– C'est sans doute un grand sacrifice que je vais te demander, mais si tu aimes Juliette tu le feras.

– Oui.

Émilien l'eût volontiers étranglée : il hésita entre cette alternative et un long hurlement qu'il sentait sourdre du plus profond de son ventre, et qu'aucun de ses deux interlocuteurs ne pouvait deviner en observant son visage impassible et concentré. Néanmoins, les mots que prononça la mère de Juliette ne manquèrent pas de troubler les eaux en apparence calmes de son visage, répercussion infime du séisme qui bouleversa le jeune homme dans les abysses de son cerveau et les strates les plus secrètes de son corps…

– Si tu veux épouser Juliette, il faut d'abord que tu changes de métier.

Il ne broncha pas, mais ce fut au prix d'un énorme effort, qui lui contracta les mâchoires et enfonça ses ongles dans les paumes à l'intérieur de ses poings serrés. Un silence s'écrasa pesamment sur le trio assis dans la cuisine, que rompit précautionneusement le père, avec une compassion non feinte pour Émilien.

– Tu comprends bien, mon garçon, que cette façon de vivre est incompatible avec une vie de famille.

Incompatible. Le mot résonna dans la tête d'Émilien : pour le moins inattendu dans la bouche de cet homme fruste, il le déstabilisait un peu plus. Des réponses possibles s'enchaînèrent mentalement alors qu'il croisait longuement le regard de son vis-à-vis, et il en tenta une, sans grande conviction, mais avec l'idée qu'il aurait au moins lutté un minimum, qu'il ne déposerait pas les armes lâchement.

– Juliette pourrait m'accompagner dans mes tournées…

– Allons, allons ! l'interrompit Marie, un peu sèchement, mais sans élever la voix. Elle dormirait aussi dans les salles de classe ou à la belle étoile ? Tu n'as pas de plus belles espérances pour elle que ça ?

– Si, bien sûr, affirma-t-il avec toute la conviction dont il était capable.

– Bon, alors c'est réglé. N'est-ce pas ?

Émilien aperçut à ce moment la silhouette de Juliette qui ombra la fenêtre quelques instants, puis s'enfuit vers le potager, furtivement, à tel point qu'il douta de sa réalité. Mais cela suffit à lui dicter sa réplique, claire et sans appel :

– Oui, c'est réglé.

Alors, Marie sourit, et pour célébrer ce jour mémorable, le père s'empara de la bouteille de prune et en renversa deux doses généreuses dans les petits verres finement ciselés.

# 19
## AVANCER EN FUNAMBULE AU-DESSUS DES PRÉCIPICES

La pièce avançait bien : la première devait avoir lieu à l'automne et Laure nous martelait régulièrement la date pour nous pousser à donner le meilleur de nous-mêmes. De mon côté, c'était facile : je me contentais d'ergoter sur des détails de mise en scène, des déplacements à modifier, des gestes à supprimer, des silences à ajouter, afin que ce qui se passait sur scène collât au mieux avec ce que j'avais imaginé au moment de l'écriture. Pour les comédiens, certains soirs de répétitions, la tâche paraissait plus ardue : trouver le ton juste à la nuance près, refaire le même trajet pour la millième fois, renouveler l'émotion sur les mêmes phrases, jouer pour que ça sonne vrai, leur travail représentait pour moi une véritable épreuve dont je ne comprenais pas bien ce qu'ils pouvaient y puiser comme satisfaction, malgré toutes les explications qu'Adrien s'entêtait à me fournir.

J'avais signé un compromis de vente pour la maison de Dordogne : l'appartement de Brive s'était assez bien vendu, et j'avais contracté un prêt pour compléter la somme demandée, refusant la proposition d'Adrien de participer à cet achat. À ce sujet, nous avions eu de vives conversations, et je l'avais emporté grâce au seul argument de la complexité d'une opération financière où rien d'officiel ne nous liait, ni mariage, ni PACS, ni parenté quelconque, auquel j'avais ajouté la phrase-clé : «Mais je te promets que tu seras là-bas chez toi, c'est toi qui m'as convaincue de sauter le pas, tu as une part symbolique dans cette maison…»

Pour enfoncer le clou et l'assurer de ma sincérité, nous avions projeté de nous rendre ensemble sur place pour la signature définitive et de passer quelques jours tous les deux dans la maison à la fin de l'été : à cette idée, j'étais partagée entre la joie de ces moments entre parenthèses dans les odeurs de foin coupé à l'abri de ces murs centenaires, et la sensation désagréable d'une erreur commise quelque part, sans que je fusse capable de mettre le doigt dessus, comme une minuscule écharde plantée sous ma peau, un gravier infime dans ma chaussure, à peine perceptible, mais dont la présence permanente et irrémédiable m'empêchait de goûter la saveur douce de ce projet. Adrien, tout au contraire, s'enthousiasmait et tirait des plans sur la comète, me culpabilisant involontairement de ma tiédeur, si peu conforme à ma nature dans ce genre de circonstances.

Pourtant, après tout un été à Paris, je me réjouis de grimper dans la voiture de location (je ne possédais plus de véhicule depuis que je vivais en ville) et de filer vers le Sud, avec les sacs de voyage dans le coffre et la musique à fond. Adrien me laissa conduire une bonne partie du chemin : il n'était pas du genre à jouer les as du volant, la main posée en propriétaire sur la cuisse de la passagère, il proposa simplement de me relayer si j'étais fatiguée, préférant s'occuper du programme musical en choisissant les CD dans la pile qu'il avait emportée et qu'il avait déployée en éventail sur ses genoux. Au-dessus de nous, le ciel brassait des nuages qui s'effilochaient sous les bourrasques, mais le bleu franc du ciel finit par l'emporter au fur et à mesure que nous filions sur l'A20 : j'avais toujours aimé me trouver dans le cocon d'une voiture en marche avec un homme, comme si cet espace réduit servait de catalyseur à nos émotions secrètes, attisait les sentiments et favorisait les échanges amoureux. Pas d'échappatoire possible. Le couple dans toute sa nudité. C'était sans doute pour cela que les engueulades en auto étaient si fréquentes… Une étincelle suffisait à embraser l'atmosphère dans ce vase clos où les corps se frôlaient, où les paroles se cognaient aux vitres comme des papillons contre une lampe et exigeaient des réponses immédiates, où les larmes ne pouvaient pas être dissimulées et où les cris prenaient des allures de hurlements insoutenables. Avec Adrien, j'expérimentais pour la première fois cette situation, un tête-à-tête dans une voiture. Mais je n'en retirais que son aspect le plus confortable, la sensation d'être embarquée pour une balade hors du temps, seulement lui et moi, et ne redoutais nullement une quelconque algarade : Adrien n'avait jamais élevé la voix, ne s'était jamais mis en colère, ne s'était même jamais énervé en ma présence. Pour l'impulsive que j'étais, cette maîtrise de soi confinait à l'apathie, bien que j'eusse heureusement trouvé la preuve en d'autres occasions de son inclination à des démonstrations plus passionnées et plus ardentes.

Le trajet jusqu'en Dordogne se déroula donc dans une bulle de douceur, comme Adrien savait les créer à la demande, un peu à la manière des chats, avec en arrière-plan une sorte de message subliminal : « Ce que je te donne j'en profite autant que toi et j'en récolte les bienfaits en retour. » Aujourd'hui encore je ne parviens pas à décider si son attitude était intéressée ou si elle partait du fameux principe bouddhiste, « la vie étant une, l'intérêt d'une de ses parties doit être celui du tout ». Ce que je sais, et ce que je percevais alors à chaque instant que je passais avec lui, c'était son incroyable propension à faire entrer les autres dans son univers, et sa capacité à communiquer par des moyens intangibles et quasiment télesthésiques, toutes choses que j'avais crues jusque-là très largement improbables.

À notre arrivée, il commença à me surprendre dès l'entrée dans la ville : il me guida sans faillir jusqu'à l'étude du notaire, comme s'il avait auparavant préparé le trajet sur un plan, et me laissa devant la porte au prétexte de faire quelques courses pour notre dîner et les repas des jours suivants : je n'eus pas le temps de lui indiquer la supérette la plus proche qu'il avait déjà claqué la portière et démarré dans un crissement de pneus digne des pires films de série B. Un peu ébahie, je gravis les marches du perron pour sonner chez Maître Lespinasse, avec un bon quart d'heure d'avance, et m'installais dans une petite salle d'attente où la climatisation soufflait une brise glaciale, à laquelle j'essayais d'échapper en me recroquevillant dans un coin du canapé.

Ma deuxième surprise, ce fut Maître Lespinasse lui-même qui me la servit très inconsciemment, alors que je finissais de signer les documents et autres paperasses nécessaires à la transaction, et qu'il me lisait simultanément les paragraphes concernant les anciens propriétaires de certaines parcelles entourant la maison : mon stylo fit une embardée en bas de page, et sa plume vint heurter la plaque de verre recouvrant le grand bureau style Louis XIII.

– Quel nom avez-vous dit ?

– Heu… Laborie, Linol, Delteil…

– Non, un peu avant, un nom un peu spécial…

– Ah je vois : Sifantus !

Je restais muette. Avec le sentiment que brusquement les mondes connus se désagrégeaient, que des glissements s'opéraient entre des univers qui n'auraient jamais dû se côtoyer, et que je ne savais plus où était ma place, ni qui j'étais. Une onde glacée me parcourut, juste avant que des bouffées de chaleur me missent les joues en feu, et je terminais mes paraphes dans une confusion grandissante. Sans trop savoir comment, je me retrouvai sur le trottoir avec mon dossier sur le bras et un trousseau de clés à la main. La maison était à moi. Mais à cet instant précis cela ne signifiait rien, ne correspondait à aucune réalité. Pendant quelques minutes, je demeurais debout et immobile, déconnectée du présent et de l'espace alentour, tel un funambule en équilibre sur un fil ténu entre deux falaises, au-dessus d'un précipice dont je ne pouvais apercevoir que l'incommensurable profondeur, les oreilles bourdonnantes, luttant pour ne pas basculer à cause d'un mouvement infime.

Puis mon cerveau reprit les commandes : il ne servait à rien de dramatiser, Adrien aurait bien évidemment une explication, je ne devais pas conclure à une quelconque manipulation, le hasard pouvait parfois jouer de drôles de tours, etc., etc. Mon esprit logique finit par imposer ses raisonnements cohérents et mes battements de cœur retrouvèrent un rythme normal. Un peu plus détendue, je sortais mon portable de mon sac quand la Clio s'engagea sur la route à une centaine de mètres, me signalant son approche avec deux ou trois appels de phare. Je contournai la voiture et montai, un peu crispée, pour m'installer à la place du passager.

– Alors, ça y est, te voici l'heureuse propriétaire de la maison de tes rêves ? lança Adrien avec son sourire qui me faisait fondre habituellement.

Sans répondre, craignant une défaillance de ma voix, je lui montrai les clés et souris en chaussant mes lunettes de soleil. « Alors on fonce ! Indique-moi le chemin… » ajouta-t-il en engageant une vitesse.

Sur le trajet, je me contentai de lui donner la direction, supposant qu'il mettrait mon silence sur le compte de l'émotion liée à la réalisation de mon vieux rêve : d'ailleurs, cela n'était pas tout à fait faux… La montée vers le hameau sur la petite route en lacets bordée de chênes et de châtaigniers, avec le crissement des grillons, et la lumière dorée qui caressait les pierres blondes des quelques constructions que l'on dépassait, souleva en moi une vague de spleen et me rendit un peu plus muette, jusqu'au moment où je pointais le doigt vers la maison, alors même qu'Adrien avait déjà ralenti, tant la vision que l'on en avait de la route coïncidait avec la photo que je lui avais si souvent montrée.

– C'est là, murmurai-je quand même, pour me convaincre moi-même de la réalité de la chose.

Nous demeurâmes quelques minutes tous les deux immobiles dans la voiture, moteur éteint, enveloppés dans l'odeur d'herbe sèche, moi les yeux fixés sur les murs lumineux (les maisons d'ici m'avaient toujours donné l'impression de puiser la clarté en elles-mêmes et non pas de refléter simplement celle du soleil) et les volets peints en gris bleuté, Adrien me regardant, du moins le supposai-je ; puis je descendis la première et marchai vers la grande porte percée au centre de la façade, qui avait dû être autrefois l'entrée principale de l'écurie qu'avait abritée le bâtiment. En insérant la grosse clé dans la serrure, mes mains tremblaient un peu, mais je ne savais pas si la cause en était ma fébrilité de prendre possession de mon nouveau domaine ou bien le choc que j'avais subi en entendant chez le notaire le nom de Sifantus, et je ne voulais surtout pas me poser la question. Je rabattis les grands volets de bois de chaque côté pour laisser entrer la lumière et pénétrai dans la pièce de vie : l'Américaine avait aménagé la maison avec une simplicité rustique et des matériaux sobres et solides, grandes dalles au sol, poutres mises à nu, vaste cheminée. Elle avait aussi laissé quelques meubles, en plus de la cuisine équipée toute en bois et acier : une longue table de chêne, un fauteuil en osier, une pendule ancienne qui nous accueillit de son tictac rassurant et désuet.

Pendant l'heure suivante, nous fîmes un peu de rangement et nous familiarisâmes avec les lieux, et je notai au fur et à mesure sur un de mes multiples petits carnets les objets que je devrais acheter les jours suivants. Je fis le lit dans la chambre du premier étage (il y en avait aussi une petite au rez-de-chaussée, mais je préférais la vue sur la vallée), pendant qu'Adrien étrennait le barbecue de la petite terrasse, devant le pignon sud, où il mit à griller une grosse entrecôte achetée chez le meilleur boucher de Souillac. Quand je redescendis, il avait installé la table dans le jour déclinant et il débouchait une bouteille de Madiran : le côté « cliché » de la scène me sauta aux yeux et me fit tressaillir. Devais-je me réjouir, ou bien au contraire cette perfection apparente n'était-elle qu'un indice d'un séisme imminent ?

Je décidai de me laisser porter par le courant encore quelques heures et saisis le verre de vin qu'Adrien me tendait :

– À ta maison. À notre installation. À nous ! dit-il un peu trop solennellement, mais ses yeux rieurs et pleins de tendresse compensaient avec subtilité l'affectation de son propos.

Je bus une gorgée : le vin était bon et à la bonne température. Du coup, j'en avalais une bonne lampée et me préparais à poser la question qui me taraudait depuis le milieu de l'après-midi, mais Adrien me prit de vitesse.

– J'ai une surprise pour toi…

– Une surprise ? répétai-je bêtement en jetant un œil alentour, cherchant un paquet caché sous une serviette ou posé sur ma chaise.

Mais à part le saladier empli de roquette et la bouteille qu'il avait remise sur la table, je ne remarquai rien de particulier.

– Non, pas ce genre de surprise, précisa-t-il en observant mon manège. Demain, nous sommes invités à déjeuner chez ma grand-mère.

– Ta grand-mère ? (L'écholalie semblait devenir une seconde nature chez moi, allongeant mon temps de réflexion et masquant plus ou moins mon désappointement.)

– Oui… Elle vit ici, à Souillac, depuis très longtemps, et je suis passée la voir pendant que tu étais chez le notaire. Elle nous attend demain !

# 20

## MARQUES ET EMPREINTES

Le séjour d'Adrien dans la maison de Mamie Louise constitua donc une expérience insolite, mais aussi une étape déterminante dans ce qu'il se mit à considérer dès lors comme une sorte de parcours initiatique. Ce fut au cours de ces mois oisifs, mais lourds d'une épaisseur de temps très particulière qu'il prit sa première grande décision : se faire tatouer.

Au cours de sa liaison avec Anabelle, il avait déjà envisagé très vaguement la possibilité de se marquer concrètement afin de symboliser quelque part dans sa chair le souvenir de sa mère morte : plus qu'une nécessité liée à la mémoire, cela lui était apparu comme une façon de sortir des profondeurs de son esprit cette image obsédante afin de l'exposer au grand jour, et ainsi de se soulager du poids énorme qu'il portait en lui. Anabelle, quant à elle, portait un petit tatouage au creux de la clavicule, une suite de signes chinois dont il n'avait jamais pu se rappeler la signification, mais dont le graphisme et l'emplacement, sur la peau si fragile, à un endroit à la fois si exposé et si secret, avait représenté pour lui un mystère d'une puissance sexuelle et fantasmatique extraordinaire. Encore aujourd'hui, penser à ces dessins gravés dans la chair de la jeune fille soulevait en lui des vagues de désir, et il s'imaginait étreignant cette épaule, léchant cette minuscule crevasse, arrachant les vêtements qui cachaient ce message sensuel… Il chercha donc pendant des jours le motif exact qu'il voulait voir estampiller sa peau, et pendant d'autres jours encore quelle partie de son corps il choisirait de distinguer ainsi.

Après divers croquis et ébauches et des dizaines de feuilles jetées dans le feu de la cheminée, après des essais maladroits au stylo à bille sur son torse, ses cuisses et ses épaules, il fut enfin convaincu de son choix définitif. Restait à dénicher le technicien qui posséderait les compétences et le matériel ad hoc : les tatoueurs ne se trouvaient pas encore à tous les coins de rue, a fortiori en province, et il était fort peu probable que Mamie Louise connût une adresse à lui indiquer.

Adrien dut se rendre à Cahors pour concrétiser son projet : il profita d'une consultation médicale au service dermatologique de l'hôpital de cette ville, à laquelle était contrainte régulièrement sa grand-mère qui souffrait d'un eczéma chronique, pour prendre rendez-vous avec le bonhomme dont il avait relevé les coordonnées dans l'annuaire. Planquée dans les ruelles sombres de la vieille ville, la boutique ne payait pas de mine : façade obscure avec une vitre opaque, porte peinte en noir, à peine un mètre cinquante de large, et juste une enseigne à l'ancienne qui pendait à une potence de fer forgé, avec le mot « Tatouage » calligraphié très sobrement en blanc sur fond noir, sans autre précision.

Un peu tendu, Adrien poussa la porte, qui fit résonner un gong au son grave dans le fond de la pièce, sorte de long couloir aux murs tendus de tissu rouge et partiellement recouvert de photographies en gros plans des réalisations multiples du propriétaire des lieux – du moins c'est ce qu'imagina Adrien en les observant. Ce dernier jaillit presque surnaturellement de l'extrémité de ce corridor écarlate, et posa sur Adrien un regard agressif, sans prononcer une parole : ses sourcils levés donnaient de toute évidence à comprendre qu'il attendait que ce client potentiel entamât la conversation, ce qu'Adrien ne se décidait pas à faire, déjà nauséeux à la vue d'un chiffon dont l'autre se frottait les mains et qui s'imbibait peu à peu de taches rouges… Peinture ? Sang ? Il n'osa pas poser la question, et au lieu de ça, tenta un timide :

– Bonjour… Je voudrais me faire tatouer…

Évidemment, le tatoueur ne répondit rien à cette introduction qui ne le surprenait nullement. Il fit simplement un pas en avant, et son crâne chauve brilla sous l'éclairage violent d'un néon le surplombant. Adrien remarqua alors le tatouage qui ornait ce crâne luisant et poli comme un galet : un dragon dont la queue se perdait derrière la tête du tatoueur, et de la bouche duquel jaillissait un bouquet de flammes s'étalant sur le front et les tempes et s'emmêlant aux sourcils broussailleux du bonhomme. Adrien ajouta précipitamment :

– Je vous ai téléphoné, j'ai dessiné le modèle, vous êtes toujours d'accord ?

Un sourire contrastant incroyablement avec son attitude précédente illumina soudain le visage de l'homme :

– Monsieur Sifantus ?

– Oui, c'est moi.

– Bien sûr, que c'est vous ! On a dû déjà vous le dire : vous ressemblez beaucoup à votre arrière-grand-père !

Pendant quelques secondes, Adrien se crut dans une autre dimension : des mondes se percutaient qui n'avaient aucun rapport entre eux, et il fut pris d'un vertige qui lui mit le cœur au bord des lèvres. L'homme ne s'en rendit apparemment pas compte et il continua sur le même ton jovial :

– Je ne l'ai pas beaucoup connu, mais je l'ai croisé deux ou trois fois ici, du temps de mon propre grand-père, et il avait un physique qu'on n'oublie pas !

Tout en opinant du chef, Adrien tenta de réordonner mentalement les évènements familiaux dans leur chronologie, mais il ne parvenait pas à se souvenir des détails de la vieillesse de son ancêtre Sifantus, ni de l'endroit où il avait passé la fin de sa vie. Il se promit de se pencher sur cette question dès qu'il serait rentré chez Mamie Louise, et pour faire diversion il sortit de sa poche le papier où il avait dessiné son esquisse pour le tatouage.

– Voilà ce que je voudrais…

– Pas de problème, mon gars ! Allez, viens t'installer. Et je te fais ça où ?

Dès qu'il fut allongé sur la table, il s'abandonna entre les mains de l'homme comme il l'aurait fait avec un chirurgien, soulagé de cet état de confiance totale qui l'avait envahi peu à peu, en proie à un genre d'ivresse bienfaisante proche de celle que l'on éprouve sous l'effet des médications précédant les interventions chirurgicales : il se demanda même si le tatoueur ne l'avait pas drogué à son insu, mais, à supposer que ce fût le cas, il ne lui en voulait pas du tout.

Il quitta la boutique une heure plus tard, un peu groggy et le flanc battant d'un tiraillement lancinant. Sa grand-mère et lui étaient convenus de se retrouver dans un petit bistrot de la vieille ville, mais il n'avait qu'une hâte, rentrer et s'allonger pour réfléchir à tout ce que le tatoueur lui avait raconté pendant qu'il le charcutait minutieusement, des bribes assez décousues à propos du vieux Sifantus, qu'Adrien devait absolument remettre en bonne place dans le puzzle très incomplet de l'histoire familiale paternelle.

Plus tard, il essaya d'aborder habilement le sujet avec Mamie Louise, alors qu'ils buvaient une tisane devant la cheminée avant de regagner leurs chambres respectives. Mais il ne put rien en tirer : manifestement, les souvenirs concernant son beau-père l'inspiraient bien moins que les dernières années passées auprès de son mari, et elle ne cessait de revenir sur des détails de leur vie commune qu'elles se complaisaient à décrire par le menu, avec force précisions dérisoires qui semblaient néanmoins la combler de béatitude. Pourtant, Adrien réussit à apprendre quelque chose qui l'intrigua, au cours de cette conversation décousue et fantaisiste : la chambre bleue qu'il occupait à chacun de ses séjours avait été jadis celle du père d'Alphonse, qui y avait vécu quelques années à la suite de son veuvage, juste après la guerre, avant de s'éteindre lui-même au début des années cinquante.

Cette information (comment avait-il pu ne pas la connaître auparavant ? l'avait-il oubliée ?) lui fit considérer la petite pièce sous un jour nouveau. Il lui semblait soudain impossible qu'elle ne recelât pas des traces de son précédent occupant, qui avait passé là la fin de sa vie, avait évolué dans cet espace, touché certains de ces meubles, regardé ce paysage à travers ces carreaux. Dès qu'il fut monté dans sa chambre, Adrien entreprit d'inspecter systématiquement le moindre recoin : la pièce avait évidemment été repeinte, les rideaux changés, la salle de bains entièrement réaménagée, mais le parquet ancien datait d'avant-guerre, et il restait un secrétaire et une vieille armoire en chêne qui avaient appartenu à son arrière-grand-père. Il les fouilla de fond en comble, s'attendant d'un moment à l'autre à dénicher un tiroir secret, une cachette, d'où il extrairait un objet oublié là depuis trente ans. Vers minuit, il renonça : le pansement de son tatouage était imbibé de sang et il était gêné à chaque mouvement. Il appliqua les soins que lui avait recommandés le tatoueur et se mit au lit, déçu, mais épuisé.

Ce fut une bonne dizaine de jours plus tard, alors qu'il avait complètement renoncé à trouver la moindre trace de son arrière-grand-père, qu'il décida de mettre un peu d'ordre dans la petite cabane au fond du jardin. Depuis la veille, un grand soleil éclaboussait les prés alentour, et le ruban liquide de la Dordogne reflétait nonchalamment quelques nuages épars : Mamie Louise coupait quelques tiges au bord de l'allée, désherbait les interstices entre les dalles de la terrasse, et Adrien coopérait en rangeant les outils ou en transportant la brouette emplie de mauvaises herbes.

– C'est le bazar, là-dedans !

– Oh oui ! ça n'a pas été trié depuis des lustres, ça fait cent fois que je le dis à ton père, mais il n'a jamais le temps, tu sais bien…

– Bon, je vais voir ce que je peux faire.

– Merci, mon chéri.

Impatient soudain de se dépenser physiquement, après ces longues semaines d'inactivité, Adrien commença par débarrasser la cabane des vieilleries qui s'y entassaient dans un amoncellement improbable à l'équilibre précaire, puis il tenta de déterminer ce qu'il était utile de garder et ce qu'il devait impérativement jeter. Ce fut en démontant un petit meuble de bois à demi pourri, une table de chevet dont la porte sculptée style Art déco avait dû être charmante du temps de sa splendeur, qu'il découvrit, coincé entre le tiroir et le fond vertical, un carnet noir, dont la couverture moisie faillit lui rester entre les mains. Quand il l'ouvrit, avec beaucoup de précautions, il comprit immédiatement qu'il s'agissait d'une sorte d'agenda, composé d'une juxtaposition chronologique de petits textes très courts, calligraphiés à l'ancienne…. Adrien ne vit aucun nom, mais il fut certain que ce carnet avait appartenu à son arrière-grand-père.

Rendu presque fébrile par cette découverte, il s'éloigna de la cabane, franchit la barrière et marcha rapidement jusque sur les bords de la rivière, descendit sur la berge et s'assit sur un tronc de bois flotté desséché par le soleil. Tout d'abord, il parcourut dans le désordre les lignes à l'encre un peu passée, essayant de comprendre quand elles avaient été écrites, cherchant une date, un lieu, un indice quelconque. Puis il recommença sa lecture au début : il perçut alors très rapidement que ces notes concernaient les toutes dernières années de la vie de son aïeul, celles pendant lesquelles il avait vécu dans la petite chambre bleue, diminué et malade, contraint de s'en remettre aux soins de son fils et de sa bru, mais n'abdiquant pas son caractère autoritaire et récalcitrant. Aucune plainte ne montait de ses confessions, mais il en émanait une sorte de révolte sourde, et l'homme y avait couché en quelques phrases brèves et ciselées des réflexions bien senties sur sa vie passée, ses regrets et ses remords, sans quasiment évoquer ce qu'était son présent de vieillard dépendant. De l'ensemble se dégageait une

atmosphère peu amène, et rien n'attirait la sympathie : la curiosité seule incita Adrien à lire plus en détail certaines parties du
texte, et ce ne fut que dans les dernières pages qu'il détecta une
information qui l'encouragea à tout reprendre depuis le début…
« Il est étrange de penser que quelque part se trouve un autre être
issu de mon sang, et de celui de cette petite servante, et que je
ne connaîtrai jamais : il me semble bien jadis avoir entendu dire
par ma mère que la pauvre Berthe avait eu un fils, mais qu'est-il
devenu ? A-t-il eu des enfants à son tour ? La mort approchant,
ces questions me taraudent. »

Quand enfin il eut lu attentivement le carnet dans son intégra-
lité, il fut en mesure de combler un bon nombre des lacunes de
son arbre généalogique.

# 21
## LA VIE, LA SCÈNE, ET PUIS ENCORE LA VIE...

L'achat de la petite maison ne manqua pas d'éveiller en moi toute une panoplie de souvenirs d'enfance, dont un certain nombre avait eu pour cadre cette région à la lumière blonde, où avaient longtemps vécu mes grands-parents. Mon grand-père maternel avait été une figure dans la famille : sa vie pleine de rebondissements, son combat dans la résistance au cours de la Seconde Guerre mondiale, ses quatre années de déportation, sa stature et sa voix imposantes, son passé de «routard» façon début du vingtième siècle, son côté autodidacte, tout concourrait à le rendre atypique et à en faire un personnage de roman. Mon enfance avait été bercée par les récits d'anecdotes le concernant, à différentes époques de sa vie. Si l'on ajoute à cela qu'il ignorait tout de ses origines côté paternel, on peut aisément deviner pourquoi il se détachait du lot, nimbé de cette aura où se mêlaient mystère sulfureux et caractère bien trempé.

Pour la plus grande partie, ces récits m'avaient été faits par ma grand-mère Juliette, la plupart du temps au cours des grandes vacances que nous passions chez elle en Dordogne, alors que nous écossions les petits pois ou équeutions les haricots verts, installées sur la terrasse dans la fraîcheur du soir, après la chaleur des journées d'août, dans le piaillement des hirondelles gobant les moucherons au-dessus de nos têtes. Et même si le contenu de ces histoires se teintait de nuances souvent sombres, leur souvenir est toujours lié pour moi à ces étés caniculaires, aux arômes qui montaient du potager et de la terre chaude et gorgée de soleil, aux caquètements des deux poules naines cavalant entre les grillages du poulailler, au cocon frais de la maison dont l'escalier craquait sous nos galopades de petites filles.

Un des premiers épisodes dont je me souviens concerne les suppositions faites au sujet de ce père inconnu, et tout autour de cette naissance qui pour l'époque constituait une incartade aux bonnes mœurs : comment Berthe s'était-elle retrouvée enceinte ? Qui pouvait l'y avoir mise ? Qui était au courant ? Était-ce un viol, une erreur de jeunesse ? Avait-elle aimé le père de son enfant ou n'était-elle qu'une victime ? Les hypothèses allaient bon train, mais rien ne venait en corroborer aucune.

Un autre sujet captivant concernant mon grand-père était le métier qu'il avait exercé avant son mariage : comédien et chansonnier ! Voilà qui excitait nos curiosités de petites filles, à ma sœur et à moi, et ma grand-mère elle-même avait encore les yeux brillants quand elle décrivait le beau jeune homme svelte à la voix chaude qui l'avait séduite, venu de très loin jusque dans son petit village un soir de printemps.

Pour autant, le reste, bien que moins glorieux, ne nous avait pas été épargné : relations adultères, coups de gueule, instabilité chronique qui le fit changer de professions des dizaines de fois, tout cela contrebalancé par les souffrances qu'il avait endurées pendant la guerre, son retour des camps de déportation avec le trop célèbre tatouage au poignet, l'écart affectif qui s'était alors creusé avec sa famille, en particulier avec sa fille alors âgée de douze ans (ma mère), les compromis et arrangements divers dans le couple pour tenter de préserver un équilibre précaire… Ma mère avait eu avec son père des relations ambivalentes, entre crainte et respect, obéissance et rébellion larvée, tendresse et froideur. Nous, ses petites-filles, restions à une certaine distance de cet homme vieillissant, à la corpulence impressionnante, et qui nous intimidait, malgré l'affection évidente qu'il nous portait. Ma grand-mère entretenait cette frilosité, voyant là sans doute une preuve qu'elle avait raison de se soumettre, alors qu'il eût sans doute suffi d'un peu de doigté pour le faire plier et le rendre doux comme un agneau.

Émilien avait donc transmis à ses descendantes certaines de ses passions : la musique pour ma sœur, les livres et le théâtre pour moi, nous avions chacune à notre manière repris à notre compte l'amour de la scène, qu'il avait dû abandonner au moment de son mariage avec Juliette. Je ne sais pas dans quelle mesure cet élément avait pesé au moment où j'avais pris ma décision de faire la mise en scène de ma pièce : rester en coulisse n'avait pas grand-chose de commun avec le fait de s'exhiber sous les feux des projecteurs, mais je ne pouvais nier que se savoir à l'origine d'un spectacle, le diriger de bout en bout, en tirer les ficelles, m'apportaient une sorte de jouissance qui devait ressembler à celle des comédiens quand ils entraient dans la lumière.

Ce qui est certain, c'est que mon fils m'avait poussée à cette expérience, et qu'il portait le prénom d'un des premiers héros de son arrière-grand-père (le fameux Tom Sawyer), qui était mort quelques mois avant sa naissance. L'avancée en âge me faisait considérer ces faisceaux de coïncidences autrement que comme des effets du hasard : nos agissements s'entremêlaient de façon souvent mystérieuse, des liens existaient que nous ne maîtrisions pas, des ricochets rebondissaient à la surface de nos vies sans que nous n'apercevions jamais la main qui avait lancé la pierre et qui provoquait ces ondes si longues à disparaître.

Tom m'avait présenté Félix, pour Félix j'avais écrit cette pièce, j'avais choisi Adrien pour la jouer : la vie et la scène se faisaient écho et je percevais leurs résonnances brouillées et troublantes sans en comprendre forcément le sens caché.

Une des manifestations de cette interpénétration des mondes parallèles qui gouvernaient nos vies me fut donnée au moment où je cherchais un titre pour la pièce : le titre originel (« Félix ») ne convenait pas pour une affiche ni pour la promotion qui l'accompagnait, et le théâtre m'avait demandé de le modifier avant de commencer la communication autour de cet événement. L'échéance approchait et je n'étais satisfaite par aucune des idées que j'avais proposées, et que je notais sur mes calepins éparpillés dans tout l'appartement. Pendant la nuit, assez régulièrement, je m'éveillais en sursaut et cherchais des mots, des expressions, des aphorismes qui auraient pu composer un titre adéquat. Mais il arriva qu'une fois, au cours de ces nuits agitées, j'émergeai de mes rêves et me redressai dans un demi-sommeil, avec sur les lèvres quatre mots, que j'écrivis fébrilement dans le carnet posé sur la table de chevet, sans allumer la lumière, avant de me remettre sous la couette, avec dans la tête une psalmodie étrange, celle de ces mots assemblés, qui me berça jusqu'à ce que le sommeil s'emparât de moi à nouveau.

Ce ne fut que quelques jours plus tard que je me souvins de cet incident : j'avais complètement oublié les mots tracés pendant cette nuit et je tournai les feuilles du carnet pour les rechercher, assez sceptique sur la pertinence de ce que j'allais lire. Les quatre mots barraient une page entière, gribouillés maladroitement, avec des lettres qui se chevauchaient, mais bien lisibles, et sans équivoque : LA NUIT DES ÉVENTAILS. Sur le coup, et malgré le charme qui s'en dégageait, je ne saisis pas la logique de ce titre, ni le rapport qu'il pouvait avoir avec l'histoire que racontait ma pièce. Puis je me souvins soudainement que, au cours d'une scène clé, au second acte, un des personnages faisait allusion à l'œuvre de Paul Claudel, «Cent phrases pour éventails», et que pendant cette nuit-là, la nuit où Félix récitait à Charlotte un de ces haïkus très doux, se situait le moment exact du basculement de la pièce vers son dénouement. Le titre soufflé par mes songes prenait brusquement tout son sens, et il me revint simultanément en mémoire le texte que Charlotte répétait alors : «Éventail, de la parole du poète il ne reste plus que le souffle.»

Un peu désemparée, je n'hésitai pourtant pas une seconde, et décidai que j'avais enfin trouvé là le titre après lequel je courais depuis des semaines. Personne ne me ferait changer d'avis. Qui me l'avait inspiré ? D'où venait cette certitude qu'il correspondait parfaitement au contenu de la pièce, alors qu'il n'en évoquait qu'un instant infime ? Comment étais-je sûre qu'il éveillerait assez la curiosité des éventuels spectateurs malgré son sens sibyllin pour les attirer vers la représentation de ma pièce ? Je ne savais pas répondre à toutes ces questions. Mais je n'avais aucun doute sur la détermination que je mettrai à défendre mon point de vue si les responsables de la communication n'étaient pas convaincus. Bizarrement, toutefois, personne ne songea à discuter ma proposition, et le titre fut adopté avec une facilité déconcertante, ce qui me conforta dans ma conviction que les esprits bienfaiteurs, les bonnes fées ou autres anges gardiens m'avaient fait ce cadeau, en provenance d'un monde lointain qui parfois nous aidait à supporter le nôtre, plus prosaïque et médiocre.

Et puis, il y eut, à nouveau, le rêve.

## 22
## LE RÊVE

La première fois que Clarisse fit ce rêve, ce fut dans la chambre de l'appartement d'Adrien, juste après avoir fait l'amour avec lui sur le fameux canapé rouge. Elle avait mis beaucoup de temps à s'endormir : l'excitation de la nouveauté, le vin dont elle avait un peu abusé, et le corps d'Adrien couché près d'elle, endormi et paisible, et dont les senteurs intimes la troublaient encore. Quand elle plongea dans le sommeil, brutalement, il lui sembla que le rêve s'empara d'elle aussitôt qu'elle eut perdu conscience, et qu'il se prolongea jusqu'à son réveil, sans laisser aucune place aux phases habituelles des dormeurs.

Elle se trouvait dans une forêt luxuriante, une forêt comme on en voit dans les contes de fées, où se juxtaposaient des essences étranges, guirlandes de fleurs pourpres courant sur des troncs noueux, arbres aux écorces moelleuses, pétales mobiles et odoriférants, lianes légères pleuvant de la canopée, toiles d'araignées brillantes qui ondoyaient sous la brise : nulle crainte ne se dégageait de cet environnement féérique, et elle avançait en toute quiétude, tel le petit Chaperon rouge au milieu des papillons, insouciante et légère. Sous ses pas, de la mousse. Au-dessus de sa tête, d'innombrables oiseaux dont les chants tissaient une broderie sonore qui l'enlaçait subtilement. Un sentiment de sécurité tiède l'enveloppait, mettant au second plan le but de cette promenade sylvestre : vers qui allait-elle à cette allure dansante ? Elle n'en était pas sûre, mais l'engouement qu'elle ressentait, une sorte d'embrasement passionné, une effervescence fraîche comme une source la faisaient pencher pour un rendez-vous amoureux.

Dans la vraie vie, Clarisse avait toujours cru dur comme fer que le véritable amour, celui qui provoquerait la rencontre avec l'homme de sa vie, ne permettrait aucun doute : elle le reconnaîtrait forcément. Ce qu'elle éprouvait à cet instant en traversant la forêt magique relevait de cette certitude, elle marchait vers un amour parfait, emplie d'une paix palpitante, tranquille et chaude comme des bras affectueux. Il n'avait pas de visage pour le moment, mais peu importait, Clarisse s'en savait illuminée de l'intérieur, et la béatitude colorait chacun de ses mouvements, chacune de ses pensées. Tout autour d'elle se tenait en équilibre et reflétait cette impression d'extase. Cet état extraordinaire dura un certain temps, au début du rêve, puis, imperceptiblement, très progressivement, une brèche apparut, une faille où s'engouffrèrent des évènements infimes qui déréglèrent peu à peu ce monde si parfait.

Tout d'abord, Clarisse éprouva, au cœur de son rêve, une croissante obscurité : les couleurs des fleurs s'étiolèrent, la luminosité déclina doucement, les parfums capitulèrent sous l'envahissement d'un vide sidéral, les ombres firent succomber la lumière émanant des choses… Puis d'autres sensations s'y ajoutèrent, ôtant graduellement de l'épaisseur et de l'intensité à ce qui l'entourait :

les chants d'oiseaux décrurent, l'arôme puissant et capiteux de la forêt se délita, l'élasticité du sol sous ses pieds s'amenuisa, un vent froid se mit à souffler entre les arbres, déclenchant des ondes de frissons sur la peau de Clarisse. Parallèlement à ces phénomènes extérieurs, il se produisit au plus profond de son corps des modifications déplaisantes, voire douloureuses : ses muscles se raidirent, ses os semblèrent se figer, des tremblements secouèrent ses doigts et ses mâchoires, ses battements de cœurs devinrent irréguliers, des crampes lui nouèrent l'estomac, et des nausées de plus en plus violentes l'envahirent, pendant que son crâne subissait les assauts d'une migraine insidieuse qui lui vrillait les tempes... Ces changements purement physiques s'accompagnaient d'émotions fort pénibles, une anxiété fébrile la forçait à accélérer son allure, et elle jetait autour d'elle des regards affolés, peu à peu dépassée par une angoisse sans objet tangible.

Tout autour d'elle, d'autres métamorphoses prenaient possession du paysage : un automne glacé dépouillait les arbres, un automne noir, et non pas rouge et or, qui soufflait des feuilles desséchées entre les branches griffues. La nuit tombait comme une couverture de plomb, accrochant rageusement une lune pâle et métallique dans le ciel assombri, déchiré de bourrasques. Au lieu des pépiements et des roucoulements, dominaient maintenant des bruits plus inquiétants, dont Clarisse peinait à identifier la source : grondements sourds qui pouvaient être ceux d'un torrent furieux, feulements de bêtes sauvages dans le lointain, sifflements suraigus, hululements d'oiseaux nocturnes égarés dans cette journée aux allures de crépuscule.

La peur commença insidieusement à faire son œuvre en Clarisse : il lui semblait en effet que toutes ces manifestations n'étaient là que pour servir de toile de fond à un événement plus terrible encore, comme un décor de théâtre qui se mettait en place avant l'arrivée du héros, et elle était complètement possédée par cette attente, tous les sens en éveil, les nerfs tendus sous la peau, chacun de ses muscles crispés par une extrême vigilance. Elle sut que l'apogée approchait quand un silence magistral fondit en quelques secondes sur la forêt : plus aucun son ne lui parvint, l'air lui-même semblait absent, empêchant ainsi la propagation des bruits, qui faisaient désormais partie d'un autre univers. Puis la lumière grise prit une teinte blafarde et fantomatique. Clarisse, qui s'était immobilisée depuis quelques minutes, arrêta de respirer : du gouffre de silence s'éleva imperceptiblement un martèlement régulier, très éloigné, rythmé comme une course, un galop sauvage, qui devint lourd, agressif, puis carrément furieux, en même temps que se propageait une odeur âcre, barbare, primitive, bestiale… Personnage de légende ou animal, la nature de l'être qui se ruait à travers les taillis n'importait pas à Clarisse, pétrifiée, qui ne souhaitait qu'une seule chose : que cette attente cessât. Elle était prête pour cela à mourir sur-le-champ pour mettre fin à l'angoisse insupportable qui la clouait au tronc d'arbre où elle s'était adossée.

Enfin, il surgit des frondaisons : un sanglier énorme, une bête gigantesque au pelage fauve et hirsute, dont le groin s'encadrait de défenses jaunâtres acérées. Il fonçait droit devant lui en écrasant sur son passage les buissons et les branchages, et ses petits yeux perçants fixaient Clarisse d'un regard sans expression, pendant que son souffle brûlant s'échappait de sa gueule entrouverte.

Pourtant, il ne semblait pourvu d'aucune méchanceté, suivant sa trajectoire inéluctable sans y mettre la moindre intention, emporté par son élan comme le sont les nuages par l'ouragan, et de toute évidence son aboutissement serait le corps de Clarisse. Il n'y avait aucune échappatoire, ni pour l'un, ni pour l'autre. Clarisse sentit, avec l'installation de cette certitude, une détente de tout son être, et ce fut avec une sorte de béatitude bienfaisante qu'elle se laissa glisser le long du tronc d'arbre, abandonnée, puisque plus rien d'autre ne s'avérait possible, rien d'autre que laisser faire le destin. L'animal grossissait dans son champ de vision, l'emplissait peu à peu, occultant le reste du paysage, s'emparant de la totalité du monde qui restait, engloutissant Clarisse dans les rets de sa puissance animale, la dévorant avant même que de l'avoir touchée, et elle s'apprêtait d'un instant à l'autre au choc qui ne manquerait pas de se produire quand leurs corps entreraient en contact, à la perception du coup de boutoir que les crocs gigantesques infligeraient à sa chair tendre, elle imaginait le sang qui jaillirait, la douleur qui la crucifierait avant qu'elle ne perdît conscience, la plaie béante et lancinante qui en résulterait, et son agonie inévitable…

Toujours, alors, Clarisse s'éveillait. Le sanglier ne parvenait jamais jusqu'à elle, elle avait juste le temps d'éprouver les exhalaisons de sa gueule, la rugosité de sa fourrure qui la frôlait, la profondeur de ses pupilles dans lesquelles elle se noyait fugitivement. Dans le lit, elle se dressait, haletante, en sueur, sans comprendre (et n'essayant même pas), juste soulagée d'avoir échappé au monstre.

Le rêve du sanglier revint plusieurs fois, de façon très irrégulière, mais récurrente. Elle finit par en noter le récit dans un de ses innombrables calepins. La dernière fois qu'elle rêva du sanglier, elle dormait au côté d'Adrien pour sa première nuit dans la petite maison de Dordogne, et, avant d'être tirée du sommeil, elle eut cette fois le temps de sentir sur sa peau la double blessure cuisante des défenses qui la déchiquetaient.

## 23
## OÙ L'ON ESSAIE DE DÉMÊLER LES FILS DE L'HISTOIRE

Clarisse, dans la matinée qui avait suivi leur installation dans la petite maison, n'avait pas cessé de poser des questions à Adrien : depuis quand sa grand-mère vivait-elle dans la région ? Pourquoi ne lui en avait-il pas parlé plus tôt ? L'aurait-il fait si elle n'avait pas fini par acheter une bâtisse à cet endroit ? Et savait-il que son aïeule avait jadis possédé des parcelles autour de cette maison ? Elle tentait de ne pas y mettre trop d'agressivité et de rester dans les limites de la courtoisie, mais au fond d'elle-même une vague puissante menaçait de tout emporter sur son passage si les derniers barrages cédaient. En face d'elle, Adrien demeurait stoïque, souriant et presque impavide, avec cependant dans le regard une lueur magnétique qui témoignait de la bataille qu'il se livrait à lui-même. Clarisse priait intérieurement pour que ce combat apparût enfin au grand jour, qu'elle pût enfin l'affronter au cours d'une de ces joutes inévitables, que son armure tombât et qu'il dévoilât les coins les plus secrets de son être : elle ne doutait pas encore qu'elle les accepterait sans réserve, et que leurs liens y trouveraient une force décuplée.

Mais Adrien demeurait tel qu'il avait toujours été depuis qu'elle le connaissait. Calme, maître de lui, mais surtout plein de tendresse et de compassion envers elle, devinant ses désirs et devançant ses craintes. Elle avait parfois l'impression que leurs cerveaux étaient connectés, que dans leurs vaisseaux sanguins circulait la même mémoire, et qu'il lui suffisait de la toucher, ou même de la regarder très intensément pour qu'ils entrent en communication. Et pourtant, Clarisse ne pouvait s'empêcher de ressentir une intention paradoxale de la part d'Adrien. Elle y mettait un mot qui la rebutait, mais elle n'en voyait pas d'autres : manipulation. Et si elle se trompait ? S'ils étaient tout simplement entraînés ensemble dans des flots dont le tumulte ne leur permettait aucune issue ? Des flammes jumelles qui dansaient dans les mêmes cieux, et dont les lueurs se reflétaient à l'infini tels des échos de lumière… Tant de fois au cours de leur histoire encore courte, Clarisse avait été stupéfaite de la parfaite harmonie qui régnait entre eux, et de la sérénité si rassurante qui l'enveloppait alors, une douceur à laquelle elle n'avait goûté que dans ses rêves, une fusion qui pourtant n'empêchait nullement l'expression de leurs personnalités respectives. Une sorte de matrice protectrice les enveloppait ensemble et les protégeait du monde extérieur, ou, plus exactement, leur faisait percevoir ce monde comme bon et chaleureux, les rechargeait en énergie positive et leur permettait d'affronter les difficultés. Clarisse puisait de la force en Adrien, et elle ne doutait pas que l'inverse fût tout aussi vrai.

Mais ce matin-là, dans la petite maison au milieu des Causses, une légère faille avait craquelé la coquille moelleuse de cette enveloppe, et elle ne savait comment la colmater : elle en cherchait donc la source, quitte à s'y arracher les ongles et à se faire saigner les phalanges.

Ils prenaient le petit-déjeuner sous la tonnelle, et Adrien jouait à caresser de ses pieds nus les jambes de Clarisse sous la table, provoquant des frissons tendres sur sa peau encore tiède de sommeil. Le nez dans son bol de thé vert, elle plongeait ses yeux à l'intérieur des siens, et ce n'était nullement une image : elle y décelait vraiment un puits sans fond, un monde foisonnant où elle avait sa place, un abri plein de repères familiers, mais aussi de signes mystérieux dont elle s'était promis qu'elle les déchiffrerait un à un, puisqu'elle et lui allaient passer encore beaucoup de temps ensemble. Prendre conscience de cette réalité lui faisait chaque fois battre le cœur, mettait du feu sous sa chair, la rendait brûlante et offerte, abandonnée, vulnérable et confiante. Et elle était certaine qu'Adrien sentait cet état, comme elle sentait qu'il prenait vie en sa présence, et que des tressaillements infimes le parcouraient en des endroits très enfouis.

– Je ne connais pas ta famille…

Les mouvements d'Adrien, la lente vague de son pied sur le mollet de Clarisse, s'interrompirent un instant, avant de reprendre avec encore plus d'ampleur et d'intensité, imprimant à sa chair un massage profond, appliqué, puissant et consciencieux, comme un rituel barbare pour mieux l'approcher et la conquérir, et elle fut bien tentée d'oublier les questions et les pensées parasites pour se laisser emporter par cet appel charnel, sachant sans aucun doute qu'y répondre la reconnecterait aussitôt à cet homme qui se trouvait là, en face d'elle, mais aussi miraculeusement dans chaque parcelle de son être, de façon inéluctable et sans qu'elle en ait la moindre preuve. Elle résista pourtant.

– Ni ta grand-mère, ni ton père, ni tes frères, personne.

– Et ?

Aucune intention dans sa question, et aucune rupture de rythme non plus dans les pressions de son pied, et son regard toujours posé sur elle, limpide et brûlant.

– Et… et… je m'interroge : tu me caches, ou bien c'est ta famille que tu caches ?

Elle avait mis dans cette supposition une ironie légère, mais Adrien ne fut pas dupe.

– Je ne connais pas non plus ta famille, Clarissa.

– Ce n'est pas faute de te l'avoir proposé : mais ça n'a jamais été possible, il me semble.

– Oui, c'est vrai. Mais cette fois, ça l'est, et tu vas faire la connaissance de ma grand-mère.

Il souriait. Pourquoi dans ce sourire Clarisse distinguait-elle bien plus que la satisfaction à l'idée d'une simple rencontre familiale, d'un déjeuner d'été où il allait présenter l'une à l'autre deux femmes qui avaient chacune leur importance dans sa vie ? Elle y voyait plutôt une sorte de jubilation intense, une attente pleine d'un espoir dont elle avait du mal à imaginer la nature, mais qui la touchait comme l'aurait fait celle d'un petit enfant la nuit de Noël… Elle n'osa pas le décevoir, bien que l'enjeu lui parût dérisoire.

Ils se retrouvèrent donc vers midi dans le jardin de la vieille dame, au bord de la rivière, où une table était dressée sous la

tonnelle : vaisselle ancienne et nappe brodée, carafe de vin, ser-
viettes enserrées dans des ronds en argent, l'atmosphère dégageait une élégance surannée et Mamie Louise évoqua à Clarisse
les personnages de la comtesse de Ségur qui avait peuplé les lectures de son enfance sage. Adrien fit les présentations avec une
fierté évidente : « Mamie, voici Clarissa. » « Non, Clarisse » jugea
bon de préciser cette dernière, et ils s'installèrent pour prendre
l'apéritif dans des fauteuils en osier. Après une période d'observa-
tion quelque peu silencieuse, la grand-mère d'Adrien commença
à s'intéresser de façon plus ostentatoire à la vie de Clarisse, et elle
lui fit subir un feu roulant de questions : Adrien intervint très
peu, il se contentait de sourire, il servait le vin, et faisait passer
les coupelles d'olives, frôlant parfois la main de Clarisse, et même,
une fois, lui déposant un baiser dans la nuque, là où elle avait
relevé ses cheveux qui voletaient derrière son oreille.

– Vous êtes rousse ? demanda Mamie Louise, dont les yeux
pourtant ne pouvaient manquer de noter la couleur flamboyante
de la chevelure de Clarisse, dont l'éclat orangé étincelait à chaque
caresse du soleil qui perçait entre les feuilles de la glycine courant
sur l'arche de la tonnelle.

– Oui, c'est ma couleur naturelle, si c'est le sens de votre
question.

– Il ne pouvait en être autrement : Adrien a une passion pour
les rousses !

Mamie Louise sembla prendre un certain plaisir au coup d'œil
qu'Adrien et Clarisse échangèrent, mais Clarisse était résolue à
demeurer impassible, et à ne découvrir que ce qu'on voudrait
bien lui montrer, sans s'offusquer de rien. Au cours du repas, elle

apprit ainsi des bribes de la vie d'Adrien, des détails sur la mort de sa mère, sur ses rapports distants avec son père, sur le long séjour qu'il avait fait dans la maison de Souillac dans sa jeunesse (ce dernier épisode entouré d'un certain mystère toutefois, où Clarisse crut discerner une allusion à une maladie inavouable ou à un événement tenu secret). Elle n'avait pas besoin de poser des questions pour alimenter les bavardages de la vieille dame qui, de toute évidence, éprouvait un plaisir certain à discourir sur son petit-fils, et cherchait à mesurer jusqu'à quel point Clarisse était bien consciente de la valeur de ce dernier.

– Si j'ai bien compris, c'est vous-même qui avez choisi Adrien pour jouer dans votre pièce ?

– Oui, c'est exact.

– Vous avez eu raison, c'est un excellent comédien.

Et comme Clarisse esquissait un sourire sans prononcer un mot :

– N'est-ce pas ?

– Oui. Excellent.

Mamie Louise semblait attendre une suite qui ne venait pas, et Clarisse décida soudainement de se faire un petit plaisir bien innocent :

– … Mais ce n'est pas dans ce rôle-là que je le préfère !

Et elle ajouta devant les sourcils levés de la vieille dame :

– Il a encore plus de talent comme compagnon dans la vie de tous les jours.

Mais elle n'obtint aucune réponse, à peine un frémissement de paupières qu'elle ne sut pas comment interpréter, comme si l'aïeule ne tenait nullement à donner sa bénédiction au couple que formaient son petit-fils et cette femme à la chevelure fauve.

Et puis au moment du café, elle lança d'une voix devenue chevrotante :

– Rentrons prendre le café au salon, les enfants, cette chaleur m'épuise !

Ils la laissèrent aller devant, commencèrent à empiler les assiettes sales et à débarrasser la table, et Adrien profita de ce que Clarisse avait les mains prises pour se coller souplement contre ses fesses bien modelées par le tissu léger de sa robe portefeuille, et comme elle se penchait imperceptiblement en arrière pour répondre à son geste, il s'enhardit et glissa une main sèche et tiède sur le sein qui palpitait dans le décolleté en V, y plongea, saisit la chair douce et en même temps posa sa bouche sur celle de Clarisse pour y cueillir le gémissement qu'elle exhala dans un souffle. Puis il la lâcha presque brusquement et ils déposèrent leur fardeau à la cuisine avant de rejoindre Mamie Louise, qui servait le café dans des tasses aux anses fines comme des fils de la vierge.

Clarisse se posa sur le bord d'une bergère un peu élimée, et but son café en jetant un œil un peu partout dans la pièce, où régnait une pénombre fraîche : encombré de meubles et de bibelots, le salon dénotait néanmoins un goût assez sûr, et surtout une aisance financière certaine. Les tapis moelleux, une armoire ancienne en chêne sombre, un beau bureau de style Empire, une bibliothèque remplie d'ouvrages reliés de cuir, un miroir au cadre ouvragé, le mélange des genres donnait à l'ensemble une atmosphère à la fois bohème et confortable, qui sentait les voyages et l'abondance, le tout teinté d'un brin d'austérité, que tempérait la nonchalance que la vieillesse ne manquait pas d'apporter à chacun pour assouplir la rigueur des plus exigeants. Bercée par les propos qu'échangeaient Adrien et sa grand-mère, Clarisse promenait ses regards sur les choses, imaginant la vie dans cette maison, du temps où elle était peuplée d'enfants, où la famille se réunissait pour y fêter Noël, ou pendant les étés caniculaires qui jetaient les petits pêle-mêle dans la rivière toute proche. Soudain, elle se figea : contre le mur exposé au nord, un mur blanc où se reflétait la lumière venue du dehors par les volets entrebâillés, elle venait de remarquer un objet dont elle ne pouvait plus détacher les yeux. Comme aimantée, elle déposa sa tasse sur la table basse et marcha lentement vers le fond de la pièce, jusqu'à se trouver à quelques centimètres du mur. L'éventail déployait ses ailes fragiles sous le verre qui le protégeait : il était en bois laqué noir, et ses motifs raffinés se détachaient subtilement dans des nuances de peinture dorée et ivoire, représentant des scènes de la vie quotidienne chinoise du dix-neuvième siècle, qui se poursuivaient d'une lamelle à l'autre sans interruption tant la main de l'artiste était sûre et précise. Ces lamelles étaient articulées entre elles à l'aide de délicats rubans couleur or, et la poignée où elles se rejoignaient semblait patinée par l'usage.

Fascinée par l'objet, Clarisse n'entendit pas le pas d'Adrien qui s'approchait d'elle et mettait doucement les mains sur ses épaules, ce qui la fit légèrement tressaillir. Il souffla doucement dans son oreille droite :

– Il est beau, n'est-ce pas ? Je crois que c'est un objet unique. C'est mon arrière-grand-père qui l'a rapporté de Chine.

De façon presque inaudible, Clarisse lui répondit :

– Non, il n'est pas unique : ma mère a le même, c'est un souvenir de sa grand-mère paternelle. Le seul.

# 24

## LE BALLET DES SOLITUDES

La lecture du carnet de son aïeul ne constitua pour Adrien que le début d'un long chemin : les balises en étaient au moins clairement disposées, et il lui restait à les suivre, malgré leur rareté et la complexité des messages transmis. Sans doute, si cette trouvaille avait eu lieu à un autre moment de sa vie, n'y aurait-il pas consacré autant de temps ni d'énergie. Mais cette recherche labyrinthique dans le passé arrivait à point nommé pour le distraire de ses démons intérieurs. Mieux, elle l'aidait justement à les combattre, ces démons, et il s'en fallut de peu que le jeune homme y vît une intervention divine, venue d'un au-delà bienveillant et miséricordieux pour le remettre dans le flot de la vie et lui insuffler l'énergie qui lui manquait.

Il prolongea donc son séjour chez Mamie Louise bien au-delà de ce qui eût été nécessaire à une simple remise en forme, qu'elle fût physique ou psychique. Il décortiqua chaque information du petit carnet, effectua des recoupements, traça des croquis, élabora des plans, fit des suppositions, interrogea la vieille dame le plus habilement possible. Au bout de quelques mois, il n'avait acquis qu'une seule certitude : une branche des Sifantus avait poussé hors des rameaux officiels de leur arbre tutélaire, et avait essaimé pour produire d'autres rejets, feuilles et fleurs. Remonter à la source ne serait pas simple, mais cette tâche lui semblait soudain prioritaire, et plus encore, vitale.

Dès lors, Adrien fit de cette quête le fil rouge de son existence : il n'en négligea pas pour autant ses activités annexes, mais ces dernières furent toutes subordonnées à cet axe principal, qui visait à progresser le plus régulièrement possible dans l'éclaircissement de ce mystère familial. Et, comme si, en effet, une puissance inconnue fût à l'œuvre, Adrien trouva en lui des ressources insoupçonnées, qui lui donnèrent des ailes et semblèrent l'habiter d'une nouvelle vigueur.

Emporté par cet élan, il reprit ses cours de comédie, démarcha plusieurs agents, tourna quelques courts-métrages, fut pressenti pour donner la réplique à quelques figures du théâtre parisien, se fit un petit nom dans le milieu. Parallèlement à ce parcours professionnel plutôt chanceux, il ne cessait pas de courir les archives des mairies, d'écrire des lettres à diverses administrations, de glaner des renseignements. Les années passant, Internet permit des raccourcis qui lui facilitèrent l'accès à des données jusque-là inaccessibles. Les sites généalogistes pullulaient sur la toile, et il y passait ses soirées et quelquefois ses nuits.

Ses amours voguaient sur ce torrent impétueux tels des esquifs légers et dérisoires, auxquels Adrien n'accordait qu'une importance toute relative : il ne pouvait se passer d'une femme dans sa vie, mais il fallait que sa présence fût aérienne, sans poids, juste un papillon dont les couleurs embellissaient légèrement son quotidien, sans en changer ni le cours ni la consistance. Rares étaient les femmes qui acceptaient de répondre à cette nécessité, et Adrien se retrouvait à butiner, alors que son souhait le plus cher était de pouvoir se reposer sur une seule fleur. Il ne goûtait aucune satisfaction à répéter aussi souvent ses manœuvres de séduction, qui, heureusement pour lui, fonctionnaient plutôt bien, mais lui faisaient perdre un temps précieux.

Il ne fut sans doute jamais plus seul que pendant cette période où il changeait de fille tous les deux ou trois mois, abandonnant pour la première fois ses critères habituels de sélection, – rousses, blondes, brunes, elles auraient même pu sans doute être chauves qu'il n'aurait pas trouvé cela rédhibitoire –, se laissant juste désirer et constatant que la plupart du temps cela suffisait à attiser son propre désir, octroyant généreusement une place à ses côtés à l'élue du moment pourvu qu'elle ne lui posât pas trop de questions sur l'avenir et ce qu'il en attendait, entretenant cette affection réconfortante avec la gentillesse qui était bien une de ses qualités indéniables, tout en focalisant le feu de son cœur sur son but essentiel, remonter jusqu'à la source cachée dévoilée par le petit carnet de son arrière-grand-père. Jusqu'au jour où la belle (elles étaient effectivement plutôt jolies, ces contingentes conquêtes), fatiguée, perdue, déboussolée, renonçait à percer à jour les secrets d'Adrien. Et partait, le laissant à ses marottes, et à sa solitude.

Mais ses efforts ne payaient pas autant qu'il le souhaitait : il finit par mettre sur le coup un spécialiste, avec qui il avait eu de longs échanges, d'abord par mails, puis par téléphone. Rencontré par l'intermédiaire d'un des sites qu'Adrien fréquentait, le bonhomme était un passionné, sinon un obsessionnel de la généalogie, et mener des recherches dans ce domaine représentait pour lui une véritable partie de plaisir, un challenge qui le stimulait, l'assouvissement d'un besoin qui confinait à l'addiction. Il accepta donc avec enthousiasme de se lancer sur la piste initiée par Adrien, et d'employer tous les moyens qu'il avait à sa disposition pour dénicher la descendance cachée du vieux Sifantus. Il tenait Adrien informé de chacune de ses découvertes, et celui-ci suivait pas à pas la progression de ces investigations dans le fouillis de son passé. Peu à peu, des traces remontèrent à la surface, des personnages émergèrent, portant des noms et des prénoms, des lieux furent mis au jour, tout un réseau s'élabora, à la manière d'une photo que l'on trempe dans le révélateur et dont l'image apparaît très graduellement, et Adrien guettait avec la même attention impatiente que celle du photographe dans sa chambre noire les silhouettes encore imprécises qui se dessinaient peu à peu.

Un mardi, un de ces mardis gris et pluvieux de mars comme Paris en compte tant, tandis qu'Adrien courait vers une bouche de métro en relevant le col de son trench-coat, son portable égrena les notes cristallines de la sonnerie réservée à l'enquêteur généalogiste : après une brève formule de politesse, celui-ci lui annonça la nouvelle qu'il attendait. Il avait enfin une identité plus complète. Il s'agissait cette fois d'une vraie personne, avec une adresse, une profession, quelqu'un de chair et d'os, et une vie réelle qui s'inscrivait dans la courbe du temps et qui donnait soudainement à la quête d'Adrien une ossature bien solide. Il ne pourchassait plus un fantôme, mais se préparait à rejoindre un être physique, palpable, et qui partageait avec lui une origine commune, un sang en partie identique.

Malgré son empressement à établir le contact, Adrien passa plusieurs soirs à examiner les informations collectées par son comparse, et il fut à peine étonné quand il découvrit que la descendante retrouvée après toutes ces années de minutieuses explorations était romancière et que sa dernière œuvre publiée se trouvait être une pièce de théâtre. À ce stade, les coïncidences ne pouvaient plus être dues au seul hasard, une force magique orchestrait certainement ce ballet étrange où des créatures chargées d'une histoire nébuleuse se télescopaient au gré de figures improbables et compliquées, que lui-même n'aurait jamais pu imaginer et encore moins prévoir.

Il prit donc son temps, fouilla les programmations des théâtres les plus connus, puis celles des plus obscurs, lista les troupes en répétitions, téléphona aux agences de placement dédiées aux comédiens, et finit par remporter une première victoire : il apprit que la pièce serait prochainement mise en scène dans un petit théâtre parisien, qu'un appel à casting était lancé et que les candidatures seraient recueillies par mail dès la fin du mois en cours.

Les dieux avaient enfin décidé de sourire à Adrien, et il dormit les jours suivants comme un ange, oubliant le fracas habituel qui assourdissait ses nuits.

À l'aube du dernier matin, il envoya un mail afin de postuler pour le rôle de Félix dans la pièce éponyme.

## 25
## LA NUIT DES ÉVENTAILS

Le soir de la première, Clarisse avait choisi de demeurer dans les coulisses avec les comédiens : elle ne se sentait pas capable de rester assise sur un des fauteuils rouges au milieu du public, arborant un air indifférent, comme si ce n'était pas sa vie qui se jouait là devant elle, sur la scène encadrée de lourdes tentures écarlates, dans ce petit théâtre qui lui paraissait brusquement comme le centre de son univers.

Dans les loges, l'effervescence était palpable, et Clarisse avait préféré se tenir dans un coin, derrière les rideaux, guettant l'arrivée des spectateurs qui commençaient à s'installer doucement, faisant monter vers la scène une rumeur sourde, ponctuée de quelques rires ou éclats de voix quand des amis se reconnaissaient ou se hélaient au-dessus des fauteuils déjà occupés.

Bien entendu, Félix était dans la salle, mais elle ne parvenait pas à distinguer les visages d'où elle se trouvait, et elle n'osait pas entrouvrir les pans du rideau, au risque de se faire repérer. Le décor, soudain, lui parut trop clinquant, elle regrettait d'avoir donné son accord pour ce sofa aux formes suaves, qui ne correspondait nullement à la psychologie du personnage de Charlotte, et qui pourtant donnerait le ton à l'ouverture du rideau.

Sans doute y avait-il également son fils, il avait promis qu'il ferait tout son possible pour être rentré à temps d'un séjour à Bali, où il avait rejoint des amis pour fêter les trente ans de l'un d'entre eux : il devait être aux côtés de Félix, elle avait tort de ne chercher qu'une silhouette, elle recommença à promener des regards inquisiteurs sur l'assistance, qui devenait de plus en plus compacte, bruyante et impatiente.

Elle finit par les apercevoir côte à côte au second rang, et le soulagement l'envahit, en même temps qu'une pensée fugitive : « Si c'est un bide, ils seront tous les deux très déçus. »

Au même instant, la voix d'Adrien résonna dans son dos, il interpellait un des techniciens qui réglait un dernier détail concernant l'éclairage, mais elle ne se retourna pas. Trois mois s'étaient écoulés depuis le repas chez sa grand-mère et… mais ce n'était pas le moment de ressasser ces souvenirs, elle s'était juré de remettre toute décision, quelle qu'elle soit, au lendemain de la première, elle ne dérogerait pas à sa promesse.

Les trois coups retentirent et le silence se fit. Clarisse se vida de toute chaleur, et elle sut que les comédiens vivaient en même temps qu'elle cette glaciation intérieure qui figeait les corps tout autant que les esprits, et à laquelle succéderait un embrasement tout aussi transitoire, avant que le calme ne revînt au moment de leur entrée en scène et du premier pas dans l'univers imaginaire qu'ils allaient créer pour un peu plus d'une heure, entre les murs de ce théâtre.

Il lui sembla vivre en apnée pendant toute la durée de la pièce, et ce ne fut qu'à la tombée du rideau qu'elle respira à nouveau. Quand Laure vint la chercher pour les saluts, Clarisse affichait un sourire immense, comme ceux peints sur les masques de carnaval, et elle ne parvenait pas à bouger d'un seul millimètre la commissure de ses lèvres pour atténuer un peu ce sourire, il semblait collé sur son visage pour l'éternité, tous ses muscles étaient crispés dans cette grimace exagérée. Les applaudissements se transformaient en un brouhaha étrange contre ses tympans, les projecteurs l'aveuglaient, et elle sentait les doigts d'Adrien qui serraient les siens pour l'entraîner encore vers un dernier salut, elle se demanda si elle n'aurait pas dû préparer un petit discours, elle avait mal aux mâchoires à force de sourire, et elle faillit trébucher à cause de ses stupides talons hauts qu'elle portait ce soir pour la première fois, « c'est la bonne occasion », lui avait affirmé Laure.

Un peu plus tard, toute la troupe se retrouva dans un café proche, où les comédiens et le personnel du théâtre avaient leurs habitudes, et où avait été préparé un buffet pour fêter l'événement. Bien sûr, les amis et la famille avaient été conviés, et Clarisse fut célébrée presque autant que ceux qui avaient donné corps à ses personnages. De toute évidence, la première était un succès, cela augurait d'une bonne saison pour la pièce, les journalistes avaient déjà rendu leurs papiers, on débouchait du champagne, on faisait passer des plateaux avec des toasts, Félix félicitait Laure, Charlotte2 riait à gorge déployée…

Après deux coupes de champagne, Clarisse s'éclipsa et s'enferma dans les toilettes. Le sourire s'était enfin effacé, mais dans le miroir elle vit que quelque chose l'avait remplacé, une sorte de rictus un peu amer, qui n'aurait pas plu à ses amis. La robe noire, la flamboyance de ses cheveux roux, le rouge à lèvres pourpre, tout cet apparat ne réussissait pas à faire oublier la lueur sombre au fond de ses yeux, le gouffre, l'écho du vide. La victoire de ce soir ne comblait nullement ce désert glacé qui l'habitait depuis des semaines, elle ne faisait qu'y planter une oasis provisoire. Clarisse devait finalement affronter ce qu'elle avait repoussé chaque jour depuis trois mois et, malgré le sentiment de reconnaissance qu'elle éprouvait à l'égard du public qui l'avait honorée ce soir, elle mesurait l'aspect dérisoire de cet événement face au reste de sa vie. Si elle regardait en arrière et contemplait les trois mois écoulés, elle y voyait ce qui pouvait s'apparenter à un champ de ruines, des ruines encore fumantes, des ruines où l'on distinguait les traces émouvantes de ceux qui y avaient vécu, mais des ruines tout de même, sur lesquelles on avait du mal à imaginer un avenir possible. Pourtant, ces ruines lui arrachaient des larmes, et elle avait envie de s'y cacher et de s'y endormir, tant l'idée de les quitter pour recommencer ailleurs lui semblait une épreuve insurmontable. Mais il lui fallait avant tout s'enlever Adrien du cœur, comme on extrait une balle de la chair d'un blessé, en écartant un peu plus les bords de la blessure, et en fouaillant tout autour.

Adrien pourtant lui était nécessaire : elle comprenait aujourd'hui que l'important dans sa vie était constitué par les liens, les personnes, les corps et les âmes, bien plus que par les mots écrits et les paroles dites, et ce lien-là plus que tous les autres, ce lien avec Adrien, qui vibrait hors du temps, qui caracolait entre les étoiles et qui glissait dans les nuits si sombres, ce lien ténu et indestructible, fil entre des âmes jumelles, corde puissante attachant deux navires, onde magique caressant l'air qui enveloppait le monde. Ce lien sans doute ne se briserait pas, malgré l'éloignement, mais il se distendrait, il ne serait qu'une des multiples trames de sa vie, et celle-ci y perdrait ses couleurs chatoyantes et sa solidité. Elle n'envisageait néanmoins aucune autre solution.

L'éventail de Mamie Louise possédait un double, une copie parfaitement identique qui appartenait aujourd'hui à la mère de Clarisse, lui venant de son père, Émilien, qui lui-même l'avait hérité de sa propre mère, Berthe. Clarisse avait longtemps contemplé, dans la maison de ses parents, avec perplexité et fascination, cet objet qui revêtait une importance très spéciale dans sa famille, due tout autant au mystère de ses origines exactes qu'à sa valeur indéniable, depuis qu'il avait été expertisé à la demande d'un oncle ayant des relations dans le monde de l'art asiatique. Le voir au mur chez la grand-mère de son amant l'avait beaucoup troublée, mais ce furent les explications fournies ensuite par Adrien qui avait provoqué le tsunami d'émotions dans lesquelles elle se débattait encore aujourd'hui. Il savait (et la façon dont il l'avait appris ne fut qu'une information supplémentaire, qui ajouta au désarroi de Clarisse) que celui de Berthe lui avait été offert par son arrière-grand-père, au moment où ce dernier avait appris la naissance de l'enfant, quelques mois plus tard, et sans savoir au juste si c'était une fille ou un garçon d'ailleurs, chez la petite bonne qu'il avait culbutée presque par hasard dans le verger. Non qu'il essayât ainsi d'atténuer sa faute, ou de chercher un éventuel pardon, mais il avait trouvé ce geste élégant : la paire d'éventails ainsi dissociée laisserait une double trace dans la lignée de ses descendants, l'une officielle, l'autre clandestine, et l'idée l'amusait plutôt. C'est ce qu'avait découvert Adrien dans le carnet trouvé dans la cabane, raconta-t-il à Clarisse, au cours de cette journée d'été si étrange. Adrien, dès lors, n'avait eu de cesse pour remonter les fils et dérouler la pelote. Savoir qu'il existait peut-être quelque part des personnes dont la vie s'abreuvait du même sang que le sien le mettait dans un état proche de la transe : il se mit à chercher dans toutes les directions, interrogea, enquêta, fouina, recoupa, rencontra des témoins, éplucha des kilos de documents, harcela nombre d'employés de mairie, écrivit à des administrations…

Étourdie, Clarisse ne retint pas tous les tenants et les aboutissants de ses multiples démarches, elle comprit simplement que leur rencontre n'avait rien d'un hasard, et que si Adrien s'était présenté dans ce théâtre et avait postulé pour le rôle, son seul talent n'en portait pas la responsabilité, une curiosité qu'elle n'osait pas encore qualifier de malsaine y était pour beaucoup. Mais même cela ne la dérangeait pas outre mesure : le pire étant le secret dont Adrien avait entouré toute l'affaire, les entrelacs dans lesquels il l'avait peu à peu enfermée, les non-dits, les mystères entretenus. Elle ne comprenait pas.

« J'ai eu peur, disait Adrien. Tu disais souvent que nous étions connectés, toi et moi, et j'ai eu peur que ce soit notre ancêtre commun qui en soit à l'origine, et qu'alors tu veuilles fuir tout ça. Je ne pouvais pas te perdre : je t'ai trouvée, et en même temps j'ai retrouvé ma mère et ma cousine, tu es la première femme avec qui je me sens vivant. Comment t'avouer tout ça et te regarder partir ? Je ne pouvais pas… »

Elle n'avait rien dit. Pour une fois, elle n'avait pas obéi à son impulsion, qui était de fuir en courant, emportée par la rancœur, celle de l'enfant qui découvre qu'on lui a menti, que les belles histoires que l'on raconte sont fausses, inventées de toutes pièces : elle avait passé l'âge, sans doute, de marquer sa déception en trépignant telle une gosse capricieuse. Elle patienta. Elle le fit d'autant plus volontiers qu'elle avait toujours autant besoin de la douceur d'Adrien, de son désir, de ses yeux aux profondeurs d'abîme, de l'électricité qui courait sous leurs peaux dès qu'ils se frôlaient, de l'admiration qu'ils avaient l'un pour l'autre, des étincelles imperceptibles qui frémissaient entre eux à des moments imprévisibles…

Mais ce soir le moment était venu. Elle sortit son portable de son sac à main et forma le numéro de Félix, qui décrocha aussitôt :

– Clarisse ? Où es-tu passée ?

– Je pars. Rassure Tom, mais ne dis rien à Adrien. Je t'appelle demain.

– Tu es sûre ? Tu veux que je t'accompagne ?

– Non, ça va. Je t'embrasse.

Elle quitta le café par la porte de service, et héla un taxi.

# 26
## CES ANGES QUI DANSENT

Ce fut en épluchant des pommes de terre, assise à la petite table devant la fenêtre de la cuisine, le regard oscillant entre la lame aiguisée du couteau et la vallée traversée de flèches de lumière dorée, que Clarisse comprit le rêve du sanglier.

Depuis le matin, les chasseurs trouaient violemment le silence avec les explosions de leurs fusils et les aboiements rauques de leurs chiens, et Clarisse imaginait les bêtes traquées, biches, renards, sangliers, qui cherchaient désespérément un refuge au fond des taillis. En parallèle, dans un autre coin de son esprit, une conversation qu'elle avait eue récemment avec Félix se déroulait à nouveau, et elle revoyait le visage de son ami, éclairé par les flammes (ils étaient lovés dans les fauteuils qui faisaient face à la cheminée), et ses lèvres qui articulaient ces mots : «Oui, vous êtes liés par le sang, Adrien et toi, quoi qu'il arrive, de toute façon.»

Le sang lié. Le sanglier. L'évidence lui sauta aux yeux, et le couteau dérapa sur la peau du tubercule, entaillant légèrement le gras de son pouce, qui se mit à saigner abondamment, comme pour lui confirmer qu'elle avait trouvé la clé. Le sanglier de son rêve n'était que l'émissaire symbolique lui signifiant qu'elle devrait affronter un jour cette vérité, et qu'elle n'aurait sans doute pas la force de faire front. Elle avait eu raison d'en avoir si peur, le sanglier avait vaincu, il l'avait écrasée, et le courage lui avait manqué à elle pour combattre les fantômes d'Adrien, même si elle le déplorait encore de tout son cœur.

Clarisse vivait maintenant dans la petite maison de Dordogne. C'était là qu'elle s'était réfugiée le soir de sa fuite, et depuis, elle n'avait quitté la région que trois ou quatre fois, pour des démarches incontournables : faire le tri des meubles de son appartement parisien, en résilier le contrat de location, signer une convention avec le théâtre pour sa pièce, fêter les cinquante ans de Laure. Chaque fois, au retour, elle retrouvait la petite maison avec soulagement, bien que l'entretien d'une telle bâtisse fût compliqué à gérer seule. Tom l'avait beaucoup aidée, Félix aussi, et sa fille, rentrée, enfin, depuis peu du Canada, avait passé plusieurs semaines avec Clarisse, imprégnant les lieux de ses couleurs, y laissant quelques toiles (Léa semblait bien décidée à poursuivre dans la voie difficile qu'elle s'était choisie) : ces divers passages avaient fini par donner à l'endroit une vie plus intense, les uns et les autres avaient laissé leurs empreintes, et, même quand elle s'y trouvait seule, Clarisse s'y sentait entourée, elle percevait les présences, les ondes chaudes de ceux qui l'aimaient.

Elle se leva pour protéger d'un pansement la blessure de son pouce, après l'avoir laissée sous l'eau froide du robinet. Au passage, elle se pencha pour regarder par la fenêtre entrouverte : l'enfant jouait tranquillement dans le tas de sable qu'elle avait sommairement aménagé en bac de jeux, avec un seau, des pelles, un râteau, empilant des pierres pour former un château, créant un réseau de chemins bordés de coquillages, plantant des branchages… Le soleil jouait dans ses boucles rousses, et, quand elle tournait la tête, sa peau opalescente palpitait comme une membrane magique, lui donnant une apparence de lutin malicieux, ou celle d'un ange tombé du ciel. Clarisse s'arracha à sa contemplation, une nouvelle fois sidérée de l'émotion qui lui serrait le cœur : une espèce d'amour inconditionnel la tenaillait à la vue de la petite, avec pour la première fois de sa vie aucune nécessité de retour, une indifférence totale à ce qui lui serait rendu, juste la satisfaction de la voir et de la savoir vivante, heureuse, sereine.

Clarisse n'avait pas revu Adrien. Son amour pour lui était intact, mais il ne pouvait plus revêtir les mêmes formes que celles d'autrefois. Le lui expliquer avait été quasiment impossible, elle-même ne savait pas trop quels mots employer, et il n'était pas question d'utiliser autre chose que des mots si elle voulait sauver ce qui restait de leur lien mystérieux, si elle voulait leur épargner la souffrance de se retrouver dans le même espace. Elle avait donc écrit, deux fois, et, à la demande d'Adrien, ils s'étaient parlés une fois au téléphone : la conversation avait duré trois heures. Elle l'avait entendu pleurer. Il l'avait suppliée. Insultée. Il lui avait déclaré son amour avec des paroles qui l'avaient rendue tremblante. Il l'avait aussi écoutée, avec attention et respect. Il avait raconté les détails de sa vie sans plus rien lui cacher. Elle l'avait écoutée à son tour, avec des silences qui en disaient plus que tous les mots qu'elle maniait pourtant si habilement.

À la fin, ils s'étaient dit au revoir, parce que, bien qu'ils sachent qu'ils ne se rencontreraient sans doute plus jamais dans cette vie, ils avaient également la certitude qu'ils ne seraient jamais séparés, et qu'un adieu ne rimerait à rien.

La vie avait continué, douloureusement d'abord, puis juste teintée d'un certain engourdissement, et enfin irriguée par une sorte de joie paisible, qui se transformait parfois en jubilation pour quelques minutes nimbées de grâce. Une de ces minutes avait été constituée par la naissance de la petite, ou plus exactement par l'annonce de cette naissance, quand Clarisse avait reçu sur l'écran de son téléphone portable la photo de ce bébé aux yeux en amande et à la peau translucide, avec juste ces mots de Tom : « Nina, 5 min. »

Mais il y en avait eu d'autres, plus improbables et plus fragiles : des soirées où Félix et elle avaient retrouvé des gestes anciens et échangé des étreintes intenses et asexuées, des après-midi d'été, où la chaleur qui broyait la terre montait du sol vers le corps de Clarisse, allongée au soleil sur les pierres dans le bruit tonitruant des cigales, des nuits d'hiver où le vent et la pluie cinglaient les vitres alors que la petite maison résistait avec Clarisse qui la veillait comme un capitaine son bateau, des matins lumineux où dès l'aurore elle avait noirci des pages formant peu à peu un livre, qui peut-être un jour partirait chez l'imprimeur.

Nina poussa la porte et entra dans la grande salle, traversa la pièce pour aller attraper une poupée posée sur la table basse, puis repartit dans l'autre sens, en silence, après avoir adressé à Clarisse un sourire joyeux, plein de candeur, dont l'innocence contrastait fortement avec la gravité de son regard, où brillait une sagesse sans âge. Quand Clarisse avait appris qui était la mère de Nina, elle n'avait pas été vraiment étonnée... Outre le fait que la jeune femme possédait un charme indéniable, il émanait d'elle une sorte d'aura qui lui semblait familière, comme si elles s'étaient déjà côtoyées dans une autre vie, et qu'elles avaient un passé commun, en plus de tout ce qui les liait désormais en ce monde. Tom l'avait rencontrée peu après son retour à Paris, et même si Clarisse ne connaissait aucun détail supplémentaire, elle avait la certitude que cette rencontre avait eue lieu le soir de la première de *La nuit des éventails*.

Tom avait-il su aussitôt quelle était la parenté de Sara avec Adrien ? Sans doute pas. Clarisse se souvenait assez vaguement de sa silhouette aérienne qui traversait la salle, et bien sûr de ses cheveux orangés dont les boucles auréolaient son visage de lueurs dansantes à chaque fois qu'elle passait sous les éclairages du plafond ou près des chandeliers posés çà et là sur les tables. Bien plus tard, Tom lui avait parlé de Sara, et de son histoire avec elle, puis Clarisse les avait rencontrés ensemble lors d'un de ses séjours à Paris, et ils lui avaient alors annoncé la grossesse de Sara.

Rien encore n'avait alors alerté Clarisse, qui se débattait avec ses propres questions, et l'idée d'être grand-mère en avait bien entendu soulevé une kyrielle d'autres : quel avenir lui restait-il hors ce rôle ? Devait-elle tirer un trait définitif sur tous ses autres espoirs ? Ceci était-il le signe pour elle de renoncer au monde superficiel et de s'approcher un peu plus de ce qui ressemblerait à du détachement ?

Et puis la petite était née, et Tom et Sara avaient passé l'été dans la petite maison avec Clarisse. Quelques mois auparavant, celle-ci avait assisté aux funérailles de Mamie Louise : Adrien n'y était pas, et elle n'avait pas cherché à connaître les raisons de son absence, elle était restée longtemps devant la tombe après le départ du petit groupe formé par la famille, parmi lesquels elle n'avait reconnu personne. Et pour cause : elle n'en avait jamais rencontré aucun membre, et de surcroît, peu avaient effectué le voyage en cette période hivernale au climat particulièrement hostile et rigoureux, où la neige était tombée en abondance et encombrait les routes ou coupait les voies ferrées.

Cet été-là, Nina avait conquis son cœur d'emblée, et Clarisse s'étonnait chaque jour de découvrir un sentiment ignoré, qui n'avait rien à voir avec l'amour qu'elle avait porté à ses enfants, et qui pourtant possédait la même intensité, et éveillait la même émotion. La présence de Tom à ses côtés ajoutait encore à la plénitude qui colorait ses jours et ses nuits, et Clarisse s'appliqua sans effort à venir à la rencontre de Sara, à la fois discrète et espiègle, et dont la personnalité sans détour lui plaisait énormément.

Ce fut au cours d'une soirée devant la cheminée que l'évidence finit par être révélée. Sara dormait dans la grande chambre du rez-de-chaussée, à l'extrémité nord de la maison, épuisée par les tétées que Nina avait réclamées sans cesse depuis l'aube, et Tom, sa fille au creux du bras, regardait les flammes, à demi couché au fond du grand canapé. Clarisse sirotait une tisane, recroquevillée dans son fauteuil préféré. L'été finissant avait amené une fraîcheur humide, et le feu attirait et fascinait leurs regards, retardant un peu les paroles qui couvaient, préparant le terrain, les enrobant d'un nuage douillet et doux à leur peau, qui les laisserait plus indulgents, et plus vulnérables aussi. Nina gémissait dans son sommeil, et les scintillements du feu jouaient sur sa peau claire et mettait des feux follets dans le duvet de ses cheveux. Sans faire un geste, Tom dit juste : «Tu sais Maman, il faut que je te dise quelque chose de très bizarre…»

Clarisse tressaillit très légèrement et un peu de tisane coula sur ses doigts. Elle eut une prémonition assez vague, l'image d'Adrien se matérialisa fugitivement dans les flammes, puis disparut. Tom ne savait strictement rien de tout ce qui avait présidé à la fin de leur liaison, et il n'en saurait jamais rien. Fermant les yeux une seconde, elle attendit la suite. Les anges qui dansaient dans le feu s'évanouirent et Tom reprit :

— Et bien ça va te paraître incroyable, mais figure-toi que Sara est de la même famille qu'Adrien…

Sa surprise ne fut pas feinte, juste un peu exagérée.

— Ah bon ? Ça alors… !

— Je sais que ça n'est pas agréable pour toi de parler de lui, mais je préfère te l'apprendre plutôt que si tu le découvrais par hasard…

— Tu as raison, mon chéri, moi aussi je préfère ça.

Tom effleura le crâne de sa fille qui avait légèrement bougé, et qui se calma aussitôt à ce contact tendre. D'une petite voix, Clarisse osa demander :

— Et quel est leur lien exactement ?

— Sara est la fille de la cousine germaine d'Adrien, une certaine Lise. Elle a vécu très longtemps à l'étranger et elle est rentrée il y a quelques années, elle est morte peu de temps après, d'une rupture d'anévrisme, je crois.

— Pauvre Sara…

– Oui, pauvre Sara. Mais elle m'a, maintenant. Et puis elle a Nina. Et toi, elle t'a aussi, ajouta-t-il avec un sourire charmeur et plein d'affection.

Clarisse se leva et alla mettre sa tasse dans l'évier. Puis elle déposa un baiser sur le front de son fils, lui enleva délicatement le bébé qu'elle enveloppa de ses bras en couronne et retourna dans le fauteuil.

– Va te coucher, j'irai la mettre dans son berceau dès qu'elle dormira vraiment.

Le feu créait des ombres gigantesques sur les murs de la maison, et dans la tête de Clarisse des histoires s'inventaient au rythme désordonné de ces marionnettes impalpables. Quant à elle, elle flottait à la frontière exacte de ces deux réalités : celle du corps compact et si tendre de la petite Nina endormie dont le souffle léger scandait le temps, et celle des esprits fantômes qui peuplaient les recoins de cette maison bruissante, et à qui répondait au loin le hululement de la chouette, doux comme une berceuse chantée par un ange.

# TABLE DES MATIÈRES

# REMERCIEMENTS

Merci à mon grand-père maternel qui m'a inspiré le personnage d'Émilien et dont j'ai utilisé le vrai nom d'artiste, Léo Fernel.

Merci à mon fils Bastien qui a suggéré des corrections et des modifications très judicieuses pour ce texte.

Merci à J.P. qui fut un des premiers lecteurs, et bien plus encore.

Merci à mes amies Fabienne, Anne-Gaëlle, Dominique, qui m'ont encouragée et soutenue après avoir lu ce roman encore en jachère, et plus particulièrement à Morgane qui m'a autorisée à utiliser son patronyme et le prénom de son fils.

Merci à Mathilde mon éditrice qui m'a fait confiance et qui m'a aidée à améliorer encore le texte.

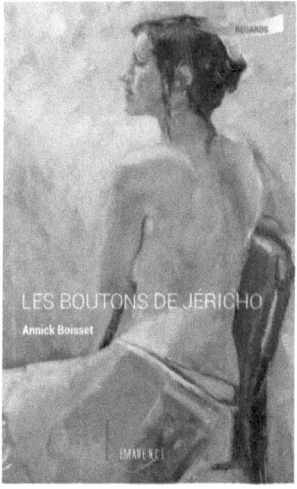

IMPRESSION : BOOKS ON DEMAND, GMBH
NORDERSTEDT, ALLEMAGNE
DÉPÔT LÉGAL : JUIN 2015